52ヘルツのクジラたち

52赫兹的鲸鱼们

[日] 町田苑香 著

彭少君 译

目录
CONTENTS

001	1 雨中的边远小镇
023	2 融入夜空的声音
063	3 门扉另一侧的世界
089	4 再会与忏悔
125	5 无法弥补的过错
161	6 难以传达出去的声音的去向
183	7 尽头的邂逅
209	8 52赫兹的鲸鱼

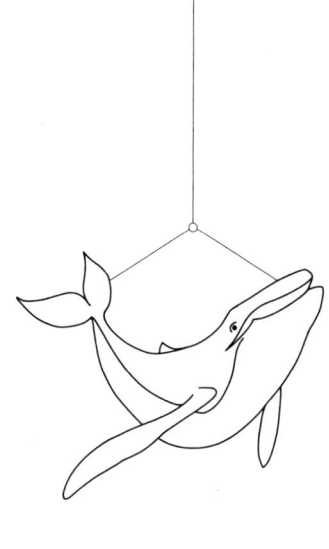

52赫兹的鲸鱼们

1

雨中的边远小镇

○

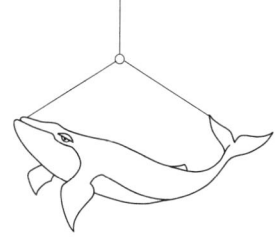

对方用询问明天的天气情况似的轻松口吻问我："你之前是干色情业的吗？"色情业？一瞬间，我因为不明白对方想要表达什么而发愣。随后，当我猛然醒悟过来时，就反射性地朝着那个男人的鼻梁打了一巴掌，只听到"啪"的一声清脆悦耳的响动。

"混蛋吗你？"

这个说了些失礼的话的男人，是我请来修缮我家地板的工作人员，姓村中。屋里的地板因为腐朽而变得松动摇晃，如果置之不理，之后恐怕我会在家中掉到陷阱里，所以我赶忙请业者来修理。他来我家，包括预检，今天已经是第三天了。我觉得暑热天作业非常辛苦，所以麻利地端出了冷饮，还准备了茶点。对于我这么用心的客户，他竟然向我问那样的问题。

"为什么要问这么失礼的问题呢？"

村中的部下——好像被叫作"健太"——慌慌张张地说。随后，他恭敬地低下了头。他的头发是粉色的，还戴着鼻环，感觉是具有攻击性的风格，但是他的态度却很诚恳。

"对不起，对不起。真帆先生没有恶意。他这个人，脑子里想到什么就会直白地说出来。"

"不过,他一直在脑子里想着这个女人之前是干色情业的吧?"

职业不分贵贱,虽然我明白这一点,可是也不能那样无所顾忌地乱说话吧。我盯着村中,觉得他忘记了一个小时前我给他们端出午后点心和冰冻香瓜的恩情。他比我大几岁,三十岁左右。他那剪短的黑发,以及被阳光晒得黝黑的、肌肉结实的手臂,使他看上去如此健壮魁梧。他默默无语地完成任务的工作状态,以及给健太下达指令的样子,给我留下了很好的印象。然而,现在他一下子被降到了渣男的位置。

鼻头通红的村中窘迫地挠挠头,说:"不是这样的。老奶奶们都在散播流言,说实情肯定是这样的,我只是想要否定她们。"

"不明白你想说些什么。"

强忍着听完村中的话后,我才发现住在周围的人们都以为我是从东京逃来的色情业女郎。他们觉得我会只身一人搬到这人生地不熟的大分县海边小镇,是因为我受到黑社会的追杀,而且,我的身上存在着几处被黑社会砍过的伤疤。

"因为我觉得你跟老奶奶们散播的风言风语不同,所以想要仔细确认一下。"村中生硬地说,他想要否定那些谣言。

"啊?"我的嘴里漏出走调般的声音。我搬到这里来才刚刚过了三周。这个小镇太过乡野,没有让人满意的商店,甚至连小超市都没有。购买食品要开车二十分钟去永旺超市,或者步行十五分钟去近藤百货店。我没有驾照,所以只能选择近藤百货店。近藤百货店感觉是由仓库改装而成,从食品到日用品,从服装到农具,销售各种东西。具有南国情调的奇妙花纹的连衣裙和T恤,被摆放在长靴和农用蓝色薄膜旁边。

总之，店内的商品五花八门，难以规整。最初因为感到新奇，我会在店内到处乱逛，可是不久就觉得厌烦了。店里净是些我不需要的商品，而我需要的商品种类又过于单一。洗发剂只放了一种，怎么会有这样的事啊？

我只去了这家近藤百货店，究竟是在哪里吸引了别人的目光而被她们说闲话呢？我这样问了村中，他说似乎就是从近藤百货店传出的闲言碎语。我歪着脑袋说，我明明没有和谁进行长时间的交谈啊。他说，在店内一角的用餐区域，长期驻扎着一个小团体。他这么一说，我确实回忆起来那里有一个放着长凳和桌子的死角，好像一直有人坐在那里。因为我对她们没有兴趣，所以也没有太过留意。不过，村中说，对方却兴趣盎然地观察着我。

"老奶奶们觉得你一定有隐情，明明没有工作，却似乎很有钱，所以肯定是干那一行的。她们随意乱猜着，内心不禁激动起来。这个地方很小，那些老人又很闲，所以一旦有新来的，就会引起一阵骚动。另外，我觉得，三岛小姐很容易引起别人的兴趣。"

听说村中的奶奶就是近藤百货店内小团体中的一员。村中稍有羞愧地说，他的奶奶知道了生活在一起的孙子去修缮了那个绯闻女人的房子，就执拗地询问着相关情况。说完，他低下了头。

"我奶奶这个人，想法固执，声音洪亮。不过，她一旦发现自己错了，改正的声音也很洪亮。……所以，才这样问你。"他无精打采地说。

盯着他的脸庞，我不禁觉得这个人真是事多。色情业女郎也好，其他什么也好，不管别人怎么想，我都无所谓。如果像现在这样直接来问我，那我就会打回去；如果在我不知道的地方窃窃私语，那也无关紧要。不过，村中似乎觉得在人背后说三道四并不好。

"为什么你会认为事实与传言不一样呢？"姑且这样问他。他回答说："总觉得不一样。

"感觉你会扎根在这里。你有认真地打扫房间，也善于挑选食材。我不认为你只是暂时住在这里。"

我茫然若失地说了一声"嗯"。正如他所说的，我准备长期居住在这里，所以才会花钱让他们来修缮房间。

"另外，你用花装饰了玄关，还修整了庭院里的树木。"

这座房子有一个可以看到大海的檐廊和一个狭小的庭院，最近我的任务就是侍弄庭院。我想，在清秋时节，眺望着浮在海面上的圆月，要是能来一杯那就太美妙了。

"你觉得色情业女郎也会做这些事吗？"

我对任何工作都没有偏见。这样说后，村中回复道："说实话，我觉得你身上没有色情业女郎的感觉。"然后，他转向健太，向对方征求同意："你也是这么想的，才说了刚才的话吧？"之前，心神不宁地窥视着我和村中的健太，脸颊绯红，有些张皇失措。

"你给别人的感觉和我们所了解的完全不同。真的，非常不同。"

"你在说些什么啊？真是的，请不要再说了。"

健太低下头对我说："对不起，对不起。"随后，他又问："不过，你确实不是色情业女郎吧？"这家伙真的很在乎这件事啊。

"我没有做过那样的工作。"

我的语气里夹着叹息声。听我这样说后，健太露出了释然的表情。

"也不存在追杀我的黑社会。"

这样说着，我越发火冒三丈。为什么我要专门对这样的事做出说明呢？搬来这里后，我没有去问候邻居，难道一定要问候邻居吗？因为没有问候他们，所以才会有这些风言风语？为什么他们住在附近，我就必须向他们证明我的身份呢？

啊，真是让人火大。莫非我搬错地方了？我就是因为不想和别人扯上关系，所以才搬来这里的，结果还不都一样？肚脐稍微向上的位置猛然疼痛起来，我不禁用手按住那里，同时想起之前的事。

"哎，为什么传言说我被黑社会砍了呢？"

本打算这样问，不过我立即想通了。肯定是那个私人诊所。之前，因为伤口疼痛难忍，我去那家诊所买了止痛药和抗生素。

"太难以置信了，个人信息就这么被泄露了。"

我蓦地感到乏力，于是坐了下来。应该可以去起诉他了吧？

"你真的有伤吗？"村中惊愕地说。

我盯着他那呆笨的脸庞，说："反正你们又可以滔滔不绝地八卦了。

"算了，爱怎么样就怎么样吧。被黑社会追杀的色情业女郎或者 AV 女优，你们想怎么说就怎么说吧。不管你们怎么想，我都不会在意。"

我很想把他们赶出去，但是不让他们修好地板，之后就难办了。我准备作为寝室的那间洋室，情况很糟糕，现在连行李都搬不进去。

"修好地板后，请你们尽快回去。"

我不想再和他们待在同一个空间里。于是，我拿着我的斜挎包，站起身来。

"我出去了，十八点回来。"

"啊，三岛小姐！那个……请等等！非常抱歉！"

健太的声音有些走调。我无视了他，走出了家门。

带有海潮气味的风，抚摸着我那因愤怒而发热的脸庞。我环视了四周，不知道该走向何处。最后决定还是去海边吧。我从那如同缝合了密集的房子的空隙般的小路走了下来，不到十分钟就来到了海边。

我所居住的那座房子，大致位于稍稍高耸的小山丘的山顶。从我家到山脚一望无际的大海之间，有数十座古旧的房子，其中几乎一半的房子都空置着。往昔，这里作为渔场也曾繁荣过，现在成为渔夫的人在减少。另外，不断有人移居到都市里，所以这里越加缺乏活力。"总之就是没人了"，我去交迁入申请的时候，政府机关的大叔这样对我说。当时，他非常高兴，说热烈欢迎年轻人的迁入。他还说，如果去港口或鱼市之类的地方，店家会变多，也会更加热闹。可是，对之前一直住在东京的我而言，这不过是小巫见大巫而已。

我一边凝望着被海潮腐蚀的白铁皮屋顶和紧锁着的防雨板，一边走下了缓坡。那里有一座大宅邸，这一带的渔老板一家曾经住在里面。绕过这座大宅邸来到大路上，仿佛比着尺子画的直线般的海堤跃入眼帘。混凝土砌成的海堤到处都有裂痕，在它的上面搭着几架金属梯子。或许是钓鱼的人搭的吧，在海堤上总能发现垂着鱼线的钓鱼者的身影。此时，不远处就有两位垂钓者。两位老爷爷弯着腰，他们似乎每天都在这里，但是我没见他们钓到过鱼。今天也肯定钓不到吧。

顺着梯子爬上去，眼前是一望无垠的大海。右边有港口和鱼市，远远地可以看见几艘船正停泊在那里。左边的远处是海岸，当地的孩子们经常在那里玩水。从这里眺望，只觉得他们如同豆粒般大小，不过，感觉还是有几个人在那里玩耍。欢乐的笑声乘着风飘了过来。人世间也即将进入暑假啊。

挺直站立在晒得火辣辣的混凝土海堤上，"太失败了"，我小声嘟囔了一句。明明没有可以遮蔽强烈阳光的东西，我却毫无防备地来到了这里。灰色的长袖派克衫，加一条粗斜棉布长裤，基本可以保护手和腿，但问题是脸。我没有化妆。我想要回家涂防晒霜，并拿上遮阳伞。我回过头，向家的方位仰望。我的小平房，从这里看，只能看到蓝色的屋顶。我凝视着屋顶，不禁又焦躁起来。

我搬到这里来，是为了在那个房子里过上宁静的生活。我想要一个人静静地生活下去。就是为了这个目的，我才设法得到那座房子的。虽然有不便之处，但是我觉得我可以慢慢适应。然而，却有人像那样用泥脚踏入了我的生活。

"真让人火大。"

虽然很想回家，但是我讨厌见到那两个笨蛋。没办法，我叹了口气，坐了下来。勉强作为抵抗，我戴上派克衫的兜帽，并将其压低到眼部，同时把脚伸向大海的一侧。我一边让脚晃来晃去，一边将视线投向远方。摇曳的海面，因为折射了夏日的阳光，而熠熠闪烁，格外炫目。水平线与积雨云被完美地分割，海鸟优雅地飞舞着。海风轻轻地吹过，宛如在抚摸我的脸颊。我打开包，从中拿出了 MP3 播放器。然后，我将耳机塞入耳朵，打开了 MP3 的开关。

我闭上眼睛，侧耳聆听。从邈远深邃的地方传来的歌声，震动着我的耳膜。这声音如同哭泣、如同呼唤。我一边听着，一边回想起豆沙先生。如果豆沙先生在的话，他估计会大笑吧。"黄豆粉小姐的表情好奇怪。"我不禁追问:"说我表情好奇怪,究竟什么意思啊?表情应该被羞辱吗?"豆沙先生笑得更开心了,他摸摸我的头。"骗你的,肯定是因为黄豆粉小姐清纯可爱,大家才产生了各种各样的想象。这样可爱的女孩子,却孤身一人搬到乡下来住,这简直就是梦幻般的场景,但是,他们只能有那样廉价粗鄙的想象,真是一群令人遗憾的人啊!"这就如同过去儿童动漫的开头一般。豆沙先生肯定会不断地抚摸着我的头这样说吧。

仅仅这么幻想着,我的内心深处就慢慢温暖起来。如果能有这样的对话,我也能对那些事一笑而过吧。

可是,豆沙先生已经不在了。

"为什么不把我一起带走呢?"

我自言自语着。即便是强制,我也希望能将我一起带走。那时的我,什么都看不清,无论谁的忠言都听不进去。所以,不强制的话,就不可能带走我。如果是豆沙先生,无论把我带向何方都可以。不过,做到那个程度也是我自己太任性了,所以,豆沙先生才会留下我,自己离开了。

我聚精会神于耳机中的声音。那声音绵延不绝地深沉回响着。不知何时,我觉得豆沙先生替代了耳机中的声音,时远时近地呼唤着我。"喂,黄豆粉小姐。黄豆粉小姐,黄豆粉小姐。"豆沙先生只是不停地呼唤着我的名字,却不回答我的问题。他肯定是为了惩罚我吧。

"啪",有什么东西打到我的手背上,我睁开了眼睛。不知道什么时候,头顶已经乌云密布。我大吃一惊,就在这时大雨倾盆而下。我慌张地站起来,寻找可以避雨的地方。我将MP3塞进包里,跑到了最近的一座空房子的屋檐下。我摘掉淋湿的兜帽，仰望着天空。我希望它是一场阵雨，可是乌云一直延伸到远处。说起来，我想到收音机里的天气预报曾预测傍晚时会下雨。看来雨会持续下去。我看看手表，发现离十八点还有三十多分钟。如果知道是这样的情况，我应该提前在包里放一本文库本小书。我就这样抱着膝盖坐下来，背靠着墙壁。

在我的眼前，挂起一帘雨水的纱幔。我产生了一种错觉：已经熟悉的风景突然改变容貌，让我迷失在未知的地方。与之前相比，空气的温度也发生了改变，轻柔的雨声在我的耳畔温和地响着。当我听到"沙沙"的声音而将目光投过去的时候，我看到一只不知道从什么地方出来的小青蛙爬了过来。或许是大雨召唤它来的吧。

"为什么我会在这种地方呢？"

我低声自言自语着。我舍弃一切来到这里，可是，一种如同只有我被抛弃的焦躁感，在我的心中冒着黑烟。此时此刻我想要奔赴某处，而这个"某处"也只能是这里。

当我再次抱着膝盖，想要闭上眼睛的时候，我感觉到溅起水花的足音缓缓地向这边靠近。我不由得端正姿势，只见一个穿着橙红色T恤和粗斜纹裤的孩子，没有打伞走了过来。大概是正在玩耍的时候，忽然下雨了吧。

"喂，你要在这里躲雨吗？"

我不禁向对方搭话。因为对方低着头，所以我看不清楚对方的面容，但是，从齐肩的头发和细线条般纤柔的身材，可以推测出对方是上中学的女孩子。

"哎，你过来吧。"

我站起来，稍微大声地又向她打了一次招呼。女孩子并没有因为下雨而焦虑，她仅仅是淋湿了而已。她的目光越过刘海向我这边投过来后，我向她招招手。

"请过来吧。"

她停下脚步，匪夷所思地盯着我。不过，这也只是发生在一瞬间，之后她倏然移开视线，继续走起来。"喂……"虽然我继续跟她搭话，但她没有回过头来望我。就在转瞬间，女孩子消失在了雨幕的另一侧。

"真是个怪孩子。"

要是能稍微给我些回应就好了，我这样想。不过，虽然在这里躲雨，但雨到底会不会停也令人怀疑。我坐下来，再次仰望天空。看这个样子，我也不得不湿淋淋地回家了。我叹了一口气后，这次听到了快速奔跑而来的足音。接下来，传来了响亮的一声"三岛小姐"。

"三岛小姐！三岛小姐！"

边跑边喊我名字的似乎是村中。简直太烦人了，我又不是迷路了，真希望他不要这样来找我。因为不想回应他，所以我一直保持沉默。他的声音渐渐靠近。

"三岛小姐！啊，找到了。"

打着一把大黑伞的村中，发现了不能与墙壁同化的我，然后向我跑来。"太好了！"在我面前，他用尽全身的力量呼呼地喘了气之后这样说。

"我突然想到你没有拿伞。"

"嗯。"

从他的太阳穴处流下的似乎不是雨水。"对不起！"村中深深地鞠了一躬,"我总是说些不该说的话,惹你生气。让你讨厌了,真是对不起。"

我蜷缩着整个身体,从下仰视着他。"算了。"短暂地凝视了村中那右卷的发旋后我这样说。

"豆沙先生已经安慰了我,没关系了。"

村中抬起头问:"豆沙先生是谁?"那大汗淋漓的呆然面庞,让人不禁想要笑出来。

"总之,我不生气了。不过,以后请不要打探我的出身和经历。这太让人不快了。"

"嗯,我知道了。我也会严厉地告诫我奶奶,以后绝对不要突袭你。"

"突袭?"

村中用手背擦拭了汗水,说:"这一带的老奶奶们,并不懂得客气。"我觉得他的意思是,那些老奶奶会群体性地将我围困,然后逼问我问题,直到我张口说话为止。可是,她们却认为这都是为我好,性质简直太恶劣了。

"啊,糟透了。"

我不禁皱皱眉头。仅仅想象一下那样的场景,我就似乎要气喘起来。

"嗯。"村中老实地点点头,"所以,我就想在那样的情况发生之前,自己需要做些什么。不过,从结果上看,我和那些老奶奶没什么区别。"

看到他那如同被斥责过的孩子般的可怜表情,我终于理解了他的那些胡言乱语其实出自善意。

"算了，没关系了。不过，请务必制止那些突袭。"

村中用力点点头。随后，他将手中拿着的另一把伞递给了我。

"地板都已经换好了。需要我帮忙移动家具吗？"

准备搬入寝室的衣柜和床，一直放在走廊里。之前我想着自己一个人把它们搬进去，现在既然可以借用男人的力量，那还是拜托他们吧。带着微微的犹豫，我拿过了伞。

"那么，搬家具的这部分费用我也出。那就拜托了。"

"不用付费，这算是我们的致歉。这也是我们提供的一项免费服务。"

村中的表情变得明朗起来。他的神情如此丰富，令人感到意外。

"健太也在，很快就能搬完。"

于是，我们朝家的方向走去。暂且默默无语地走着，村中突然像想到什么似的开口说："对了，估计是那座房子的缘故吧。"

我迷惑地将脸转向他。村中继续说："因为你住在那座房子里，所以老奶奶们认为你是色情业女郎吧。"

"什么意思？"

"之前有一个做艺伎的老奶奶曾独自居住在那里。她宝刀不老，一直在教授长歌。她是一个雅致、清秀、漂亮的人。所以，这一带好女色的老大爷们都竞相去上课。我的爷爷也是其中的一个，他之前经常和我奶奶吵架。"

"肯定是这样的，肯定是这样的。"村中颇为怀念地眯起眼睛，"老奶奶们的心中一定还留有那样的印象。其实这与三岛小姐没什么关系。"

"这样啊。"我一边骨碌碌地转着伞，一边附和道，"如果是这样的话，那么无论如何她们都会说我是色情业女郎。"

"为什么？"

"因为那位艺伎老奶奶就是我的外婆。"

村中停下了脚步，一脸吃惊的神色。他说："原来你不是来到了毫无因缘的土地啊。"我的父母一直对这座老宅弃之不顾，也苦于无法处置它，于是，我接手了它，搬了过来。

"我还是小孩子的时候，到这里来过几次。我记得老爷爷们都很宠爱我，村中先生的爷爷也是其中的一位。"

因为大家都能温柔体贴地对待我，所以我非常喜欢这座可以看到大海的小房子。

"所以，我对这片土地是有好印象的。哦，原来是这样啊。我是因为那些事被老奶奶们讨厌啊。"

算了，怎么样都行。我耸耸肩。村中对此有些惊慌失措。他摆出一副焦虑的神色，说："我爷爷曾经夸你外婆很漂亮，我也没在意。"村中也许是个比较有趣的男人吧。

"你之前一直沉默寡言，是因为经常说错话吗？"

我这样问后，村中垂头丧气地点点头。

"我经常因为废话太多而惹别人生气。"

当初他在我心中形成的那种默默无闻的匠人形象此时彻底崩塌了。不过，他与那种卑劣地介入他人事务的渣男稍有不同。那么，他不算是个坏家伙吗？也不是。唉，人真是难以理解啊。村中的内心潜伏着令人毛骨悚然的冷峻一面，在某种契机下，这一面很有可能浮现出来。

远方雷声滚滚。"还是快些回去为好。"村中催促着我,然后我们往回走去。转过头来,可以看到大海远处的闪电。

*

雨淅淅沥沥地连续下了五天。夏季的连绵阴雨让气温下降,令人舒适得不禁感到诧异。因为没办法每天修整庭院,所以我就在檐廊上,或是睡午觉,或是读书,或是呆呆地眺望着因为下雨而变得暗淡的大海。

今天下午,我也躺在檐廊上,仰视着天空。积雨层很厚,根本看不到放晴的可能。为了消磨时光,我听着广播,里面播放着被改编成爵士乐风格的、数年前的流行音乐。

"要不要养只猫呢?"

我自言自语地嘀咕着。然后,我立即想到自己真是个软弱的人啊。说起来,这五天里我没有和任何人讲过话。之前,除了村中,我也没有和谁认真地交谈过。这样想来想去,突然说出养猫的事,我自己确实太过软弱了。

搬出东京的公寓的时候,我解约了手机服务。我没有告诉任何人——朋友和工厂的同事们,独自一人搬到了大分县。只有我母亲知道我在这里,不过,那个人应该会因为与我断绝了关系而感到欣喜吧,所以她不会专程跑来看望我。无论是谁,都已经忘却我了吧。

我不想再和任何人产生关联。我这样渴求着,愿望也的确实现了,但是,我仍然希冀着温暖。我好孤单啊。

"贵瑚是一个感受不到他人的温暖,就无法活下去的懦弱的生物啊。感到孤独的人,正因为深知孤独的滋味,所以才会畏惧失去。"

听到美晴的声音后,我的心情平静了下来。美晴知道我孤零零地一个人身处世界的尽头,她也知道我多么渴望温暖。

美晴曾来到我接受治疗的医院里,厉声训斥我:"所以说啊,你真是个笨蛋!你干吗要做这样的事呢?你身边不是还有很多关心你的人吗?你干吗非要执着于那样的男人的爱情呢?你不要无视了周围人的关心啊!"

躺在病床上,我默默地听着她对我的非难。确实,那时的我并不孤单。不过,我让唯一一个我不得不做出回应的人受了伤。如果不这样做,那么我终究会死去吧。

哎呀,由于肚子疼我不禁皱起眉头。我的手按在T恤上,轻轻地抚摸着肚子。

音乐的旋律已经消散,取而代之的是女主持人嘹亮的声音:"九州地区由于受到停滞锋面的影响,目前将持续降雨。降雨锋面正缓慢地向东北移动,预计周末会放晴。听众们,夏天终于要回来了。"

外面依旧大雨倾盆。根本想不到这样的雨会有停止的一天。我一边抚摸着肚子,一边站起来。

"去购物吧。"

我出声说道。也不能总是宅在家里,去一趟近藤百货店吧。稍微买些好酒好肉,做顿丰盛的晚餐吧。于是,我带着钱包离开了家。

产生"要是没来购物就好了"的想法,是在付完钱之后。当我将商品塞进购物袋时,有人拍打了我的肩,我回过头来看,只见一个不认识的老奶奶正站在我的身后。她穿着一件带有逼真的大象图案的穆穆袍[1]，感觉这件穆穆袍是在这家店里买的。

"你啊，是在浪费人生啊。"

这位老奶奶滔滔不绝地说起来，话语中夹杂着浓重的地方口音。拾起能够听懂的词汇，感觉她似乎在责备我不工作，整天过着闲散的日子。她说，我明明很年轻，却虚度人生，她对我这样的轻视人生的人很是生气。她越说越激动，她的那双浑浊的眼睛不停地转动着，似乎是为了不让我逃跑。这到底是怎么回事啊？我这样想着，此时一个戴着店长名牌的大叔，慌慌张张地走到我们之间。听到他说"匹田女士可不能这样啊"，我脑中的一个角落不禁闪现这样的念头：幸亏不是村中女士。不过，村中不是说过一定会阻止她们吗，怎么还会这样呢？我向四周环视一遍，感觉店内大多数人都在往这边张望。比起因为尴尬而垂下眉头的人，更多的人像是眺望余兴节目般向我投来愉悦的目光。

"……那个，我，可以走了吗？"

我这样说后，店长颇为抱歉地鞠了躬，说"非常对不起，您请您请"，匹田女士大声嚷道："别人不说，你就装作不知道，你想怎样？你要认可那样的事，你就会变成一个不可救药的人。不，做出那样的行为就已经是不可救药的人了，活着就是浪费。"我将这些声音抛在脑后，离开了百货店。

因为一时兴起买了两瓶红酒，所以袋子提起来很重。我的一只手紧紧地抓着勒入手中的袋子，另一只手撑着伞。雨势逐渐增强，我的心情

---

[1] 穆穆袍：原为夏威夷的民族服饰，后演变为宽松的连衣裙。——译者注

也相应地消沉下来。啊，要是没出来购物就好了，在家里吸食方便面多舒服啊。

穿着薄橡胶底凉鞋的脚被溅起的泥水弄湿，T恤已经完全湿透，紧紧地贴在肌肤上。吸收了湿气而蓬松起来的天然鬈发，此时肯定变得乱七八糟了吧。

疾风袭来，手中的伞就像被抢夺去一般飞了出去。飞扬的伞轻飘飘地落到了空房子的门扉前。想着把它追回来，但还是放弃了。刹那间，我觉得一切都无所谓了。反正就是一把三百日元的塑料伞而已，没什么好珍惜的。不仅仅是伞，就是手中的购物袋也无关紧要了。把红酒瓶打碎了也没关系；买的肉沾满了碎玻璃片也没关系。我的内心产生了一种想要把所有的东西都扔掉的冲动，可是如果这样做，我只会厌恶无法克制情绪的自己。在努力忍耐雨水敲打的时候，我的腹部出现了一阵刺痛。我屏住呼吸，当场坐了下来。我将袋子扔在地上，里面的红酒发出"咣当咣当"的声响。

好痛，好痛。这就和那时被菜刀刺中的痛苦一样，我已经无法呼吸。莫非伤口已经化脓了？不，伤口应该已经愈合了。那个私人诊所的医生不也说了吗，主要是心理问题。不过，好痛。我按着腹部蹲在那里。身体不由自主地颤动着，眼泪簌簌地流了下来。这样下去，或许我会死去吧。或许我会在无人认识我的地方，静悄悄地死去吧。

"豆沙先生，豆沙先生。"

这个时候我只能呼唤这个名字。

"救救我吧，豆沙先生。"

如同从咬紧的牙关缝隙挤出一般，我这样呼唤后，雨立即停了。我吃惊地抬起头，看见眼前有两条伸直的、穿着牛仔裤的腿，于是，我又把头抬高了一些，看到一个女孩子正拿着我那被吹跑的伞。她的橙红色T恤和长发让我感到眼熟，我觉得我之前见过她。看到哭泣的我，女孩子惊诧地睁大了眼睛。

这个孩子为什么要走到我的身边呢？那次，我不停地跟她打招呼，她都没有想要走过来。所以，为什么偏偏这个时候走来呢？

女孩子歪着自己的小脑袋，并且抚摸着自己的腹部。她动了动嘴唇，似乎想要说什么，但是没有发出声音。难道她无法说话？我无意识地观察着少女，当目光落到她的T恤袖子里时，我不禁瞬间倒吸了一口凉气。感觉一瞥间，发现了看惯的颜色。

"呃……那个，我没……没事。"

刚才那暴力式的疼痛，慢慢地舒缓下来。我拭去眼泪这样说后，女孩子点点头。她的耳朵似乎可以听到声音。

"那个，谢谢你。"

女孩子只为我打着伞，她自己似乎没有带伞，所以身上湿淋淋的。看到她那湿透的身体，我注意到她的身上其实相当肮脏。T恤的领口被染成了褐色，袖口和下摆有线头散开。她穿的轻便运动鞋破破烂烂的，尺寸也不合脚，状态就和她的牛仔裤一般。她没有刻意留长头发，只是头发自然疯长而已。

似乎是从我的表情判断出我的疼痛已经消解，女孩子将伞放到我的面前，然后想要立即离开。我慌慌张张地抓住她的衣服下摆。央求她：
"请等等，请等等。"女孩子因为惊愕而颤抖着身体回过头来看我。

"呃，那个，因为还很痛，我可能没办法动，所以，呃……请送我回家吧！"

我觉得我们不能在这里分别，所以鼓足勇气这样说。"对了，刚才我买了太多的肉，我一个人吃不完，你愿意一起来吃吗？你喜欢吃烤肉吗？我烤的肉，贼好吃哟。"女孩子僵着脸，同时动着嘴唇，但是没有声音。

"好吗？谢谢了。那么我们走吧。走上这个斜坡就是我家了。"

趁着女孩的意思难以表达清楚之际，我半强制性地将女孩带回了家。

回到家后，我立即开始准备洗澡水。女孩子茫然地伫立在玄关，脸色铁青，不过我装作没看见。每当她露出将要回去的样子，我就会挽留她："请再等等好吗？我的肚子可能还会痛。"之后，浴缸接满水后，我抓住她的手说："我们泡澡吧。"她摇摇头，摆出一副厌恶的表情。"如果由于我的原因而让你感冒，那真是太让我愧疚了。"说完，我强拉硬拽似的将她带到了换衣间。为了不吓到她，我特意露出笑脸。可是，在这副笑脸的背后，我却觉得自己好傻。就当捡了只小猫吧。不，不对，不是这样的。不过，也不能说我没有善意啊。

"我们一起泡澡吧。我快要冷死了。"

女孩子在换衣间的门前僵直不动，我就在她的面前脱衣服。我把滴着水珠的T恤和牛仔裤扔进洗衣机里，然后我只穿着内衣裤回头看她，只见女孩子倒吸一口凉气。她的视线落在我的腹部。她凝视着我的肚脐上面五厘米处的、依然鲜明的伤痕。我指指那里，傻呵呵地笑起来。

"这里是被刺伤的，用菜刀，'扑哧'一下。"

拿着菜刀行凶杀人的其实是我。不过，那个人没有遭受一点擦伤，反而是我的腹部被捅了一刀。

"之前,经历了各种七七八八的事,一言难尽。我们还是先泡澡吧。"

当这个身高比我稍低的女孩子靠近我的时候,一股恶臭扑面而来。她的头发上还粘着油脂。

"明明长了一张这么可爱的脸蛋,不好好清洗一下真是罪恶啊,罪恶啊!"

一起进入浴室后,我打算给她彻底洗干净。当我动手给她脱衣服的时候,女孩子抵抗似的扭动着身子。我知道她担心我的伤口所以并不是真要强力抵抗。我使出浑身解数脱掉她的T恤后,竟一时语塞。

她那肋骨突出的瘦弱身体上,分布着花纹一般的伤疤。她扭动着身子想要隐蔽身体,我看到她的后背也有伤疤。

刚才,我的视线落到她的袖口里,我就觉得那是伤疤,我果然没有看错。不过,这些伤疤的数量如此之多,究竟是怎么回事呢?这不是一次、两次暴力所能形成的。这应该是一具长期暴露在痛苦中的躯体吧。

"你……是被虐待了吧?"我不假思索地问。

"糟了!"我立即后悔了。这样问她并不合适。果然如我所料,她的脸色骤变,随后打开门逃跑似的冲了出去。我听到了玄关的拉门被粗鲁地开关的声音。本想着赶紧追出去,但当我注意到自己只穿着内衣裤时,我骂了一句:"妈的。"我想要将手中的东西狠狠地扔在地板上,但是发觉手中拿着的是那个孩子的T恤。我就那么紧紧地攥着它。盯着手中发出臭味的T恤,我嘟囔道:

"原来他是个男孩子啊……"

那瘦骨嶙峋的单薄躯体是少年的身体。因为俊俏的脸庞和长发，我竟然认错了。我全然忘记了自己根本就没有观察力。

但是，看着他没来得及拿走的衣服，我想到了他那满身的伤疤。没错，那孩子遭受过虐待。该怎么办才好呢？这个时候要报警吗？我思考着，视线落在了那尚存温暖的衣服上。有很多孩子因为警方的介入而得到了解救，不过，我也知道，一些孩子因为警方的介入而遭受了更大的不幸。而且，我对于那个孩子的情况还一无所知。

雨淅淅沥沥地下着。我邀请回家的这个孩子，究竟是怎样的一个人呢？此时，我只是凝望着手中的衣服。

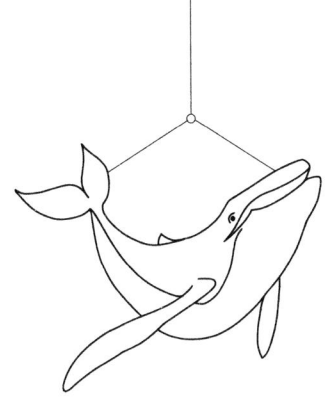

52赫兹的鲸鱼们

2 融入夜空的声音。

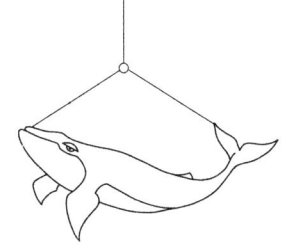

到了六点半，在我家附近，似乎有一群人在做广播体操。一阵低声私语般的嘈杂之后，熟悉的旋律乘着风飘了过来。接连好几天我都被这个声音叫醒。突然，我下定决心去看看是谁在哪里聚在一起做体操。

海边小镇的清晨，凉爽宜人。柔和的海风不断拂来。穿着T恤和短裤的我走了出去。我在家门前用力伸了伸腰，做了一次深呼吸。抬头仰望天空，只见天际万里无云，湛蓝如洗。今天或许依然暑热吧。

我一边侧耳聆听声音发出的地方，一边走着。在坡道的中间位置，进入一条下行的岔道，随后，就能看到一个带有广场的建筑物。之前我曾计划在这附近散散步，不过，我不知道竟有这样的地方。这里难道是居民会馆之类的场所吗？广场的中央，有孩子和老人在做体操。粗略环顾四周，发现老人偏多。不过，孩子的人数超过我的预想。其中，有和母亲在一起的小孩子，也有个子高的孩子，感觉像是中学生。

孩子之中，没有那个少年的身影。我原以为他可能会在里面。

"你有什么事吗？"

一位老人留意到我后走了过来。这位老爷爷的白发梳得很整齐，他的背也挺得很笔直。我并不知道他的确切年龄，但是从他的褐斑和皱纹来判断,他应该七十多岁。他的脖子上挂着写有"健朗老人会会长"的名牌。老人将我打量了一番,然后像是"啊,这样啊"恍然大悟似的点点头。

"你就是搬到上面的那个大小姐吧。你的名字叫什么呢?"

"啊,呃,我姓三岛。初次见面,请多多关照。"

我低下头致礼,老人将他胸前摇晃的名牌拿给我看。

"我是这附近的老人会的会长。我姓品城。因为现在放暑假,所以我们每天早上都和孩子们一起做广播体操。对了,你也加入进来吧。"

他那露齿的笑容,给人一种果断的感觉。他的态度和言辞中似乎带着"爽快利落"的音色。我犹豫着该怎么办才好呢,这时,一个脑袋光溜溜的爷爷插嘴说道:"教体操的老师是个好人,你就不要再有戒心了。"不知为何,他赤裸着上身,穿着一条某个学校的运动裤,上面还绣着名字"木山"。

"教体操的老师在退休前一直是初中的校长,是个很体面的人。你尽管放心。如果是我这类人跟你打招呼,你肯定会逃跑吧。"

他"咯咯"地大笑起来,从他所说的来看,他似乎不是什么坏人。品城爷爷把这位老爷爷称呼为"市川先生"。原来他不姓"木山"啊。

"今天的广播体操已经做完了。抱歉,能不能请你去给孩子们的卡片上盖章呢?"

"啊?"我小声嘟囔了一句。太令人怀念了。暑假的清晨去做广播体操,理所当然要带着参加卡。那时我揉着惺忪睡眼去做体操,卡片上集满了印章。我还因为全勤奖得到了蓝色鲸鱼形状的存钱罐。啊,对了,那个存钱罐被真树拿去了。因为真树大哭大闹,说非常非常想要那个存钱罐，所以妈妈就从我这里拿给了他。真树虽然很贪心，但是容易烦腻，而且举止粗暴。三天之后，那个存钱罐就被他摔得粉碎。此时，我不禁想起自己曾悲伤地盯着那些被倒入垃圾箱里的蓝色碎片。

品城爷爷将卡片递给我。

"也送给你一张。"

"啊，谢谢。请问，这附近的孩子们都来做体操吗？"

我一边拿过卡片，一边询问品城爷爷。他稍稍鼓起鼻子笑道：

"是啊，这周围的孩子，一到了暑假就会来。这算是每年的惯例了。电视台还因为这里是一个老人和孩子互相协助的地方，而采访过我们。我当时也接受了采访。大家都夸我在镜头前表现得很好。"

"是吗？"我笑了笑，含糊地回复道。冷不防地来这么一出微妙的自夸，让我有些窘迫。另外，比起这些，我更加在意的是那个孩子。本来想多问一些，但又觉得他们会生疑。正当我思考到底该怎么办的时候，品城爷爷对我说："三岛女士，你似乎没有在工作吧？"

"嗯，您了解得很详细啊。"

他就是近藤百货店里的常驻组的一员吧？不，或许应该说常驻组就隶属于老人会吧？无论是哪种情况，这附近的老人的人脉网必定比渔网更加强韧、绵密。我想象着那贴在表面上的笑靥底下，老人们正拉扯着渔网的绳索。而我，就像被捕捉住的沙丁鱼一般。

"虽然不知道你有什么理由，不过请尽快找到工作。无业的成人在附近闲逛，不利于教育孩子们。作为成人也应该感到羞愧。"

品城爷爷用明快洪亮的声音说。可是，他说的话与前几日那位老奶奶说的完全一样，我察觉到自己的脸已经变僵。他那算什么好人啊？仅仅是个招人厌的老头子而已。

"我觉得调查别人的私事,也不利于教育孩子们。总之,打扰了,我先告辞了。"

我想还是不要跟他们扯上关系为好。我故意露出微笑,然后转身离开了。而那张卡片,我将它扔进了广场出入口的垃圾箱里。

这天下午,玄关的门铃少有地响了。我慌慌张张地打开门,想着会不会是那个少年,结果发现是提着塑料袋的村中。可能他今日休息吧。他穿着T恤和运动裤,一副轻松自如的样子。

"什么嘛,是村中啊。"

我失望地说道,声音里夹杂着叹息。村中说了一句"太过分了",像被泼了一盆凉水。

"请不要摆出一副看到了厌恶的东西的表情。"

"也不是厌恶。找我有什么事?上次的费用应该转给你了。"

与之前相比,他这次的行为显得有些亲近,我不禁提高了警觉。他如同双手捧着一般,把一个胀鼓鼓的塑料袋递给我。

"这个,请笑纳。"

袋子里塞满了雪糕。有"西瓜冰棒""香草MONAKA""浓郁巧克力雪糕"等品牌,总之品种丰富。我用眼神问他为什么要这么做。

"呃,上次聊过后,我就想着应该做点什么。"他说道,"于是,我翻看了去世的爷爷的旧相册,结果发现了这些东西。"

接下来,他递给了我几张已经褪色的照片。我仔细看了看,发觉里面拍的有已经去世的外婆。似乎是进行长歌练习的一个场景。外婆穿着和服,梳着整齐的发髻,脸上微笑嫣然。她的周围有几个男人毕恭毕敬地端坐着。另一张照片似乎是夏日祭时拍的。人们穿着浴衣，围着高台跳舞，外婆也笑意盈盈地站在其中。

我手上没有一件外婆的遗物。外婆去世后，妈妈将外婆的物品几乎都扔掉了。贵重的东西——大岛锦绸[1]、紫水晶大戒指等，现如今应该被放在妈妈的衣橱里。其他的日用品和相册之类的东西，都一个不剩地被处理掉了。所以我才认为这个无人接手的、被闲置不顾的房子是遗物。我突然回忆起来，村中帮我移动家具的时候，我们稍微聊过这个话题。

"这个，是你特意为我找的吗？而且，这张照片……"

其中有一张照片是一个小女孩坐在外婆的膝盖上。这个小女孩梳着市松人偶[2]的发型，闭紧嘴唇，一副难以取悦、冷淡傲慢的表情。毫无疑问，这就是过去的我。

"这个孩子肯定是三岛小姐你啊。"

村中像小学的男生发现了宝物一般，灿烂无邪地笑着。我觉得之前当他看到这张照片时，他绝对想着要来交给我。

"太好了，真让人高兴啊！"

妈妈连外婆的遗像都扔了。虽然我诘问过妈妈为什么要这样做，但她却打了我，还说小孩子不要多嘴多舌。妈妈是情妇的孩子，所以她很厌恶自己的出身，同时也憎恶着生育了自己的外婆。妈妈醉酒后经常说："之前我一直是抱着这样的想法活着：我一定要正正经经地生一个

---

[1] 大岛锦绸：日本鹿儿岛县奄美大岛出产的丝绸。用当地产的车轮梅植物染料和泥中的铁质染成茶褐色，织成碎白点花纹绸。——译者注

[2] 市松人偶：可以换服饰的儿童形象的人偶。日本江户时代有一个专门扮演小伙子的著名演员，叫佐野川市松，当时以他的模样制作的人偶极为流行，市松人偶由此得名。——译者注

孩子,并且正正经经地把这个孩子抚养大。"她还说:"不过呢,邪恶血脉确实挺麻烦的。我还是生出来了你这个不够正正经经的孩子。"

"我很爱我外婆。"

我情不自禁地将照片紧紧地抱在怀中,同时对村中这么说。

"家里只有茶,你要喝吗?"

村中睁大了眼睛,略显惊愕,然后他挠挠脸颊,说:"我们一起吃冰激凌吧。"

"嗯,请进来吧。"

之后,我们并排坐在檐廊上,我吃着村中拿来的冰激凌。我一只手拿着西瓜冰棒,另一只手拿着村中送我的照片端详着。

"照片的右侧,面容僵硬地坐在那里的,就是我爷爷。"

用木勺子挖着白熊牌杯装冰激凌吃的村中这样说。仔细看一看,感觉照片里确实有一位与村中的气质相似的木讷男士。

"嗯,感觉蛮认真的。"

"可以说,他虽然好女色,却是个很认真的人。最初是因为你外婆才去练习的,不过据说他比谁都要刻苦,最后甚至得到了'三味线'的艺名。"

"你爷爷真厉害啊!"

外婆嫣然微笑时的面容,她弹起三味线时凛然严肃的面容……这些随着时间逐渐失去轮廓的记忆,蓦然在我眼前浮现。我不禁想到再也见不到她了。

"说起来,我曾来这里接过我爷爷。说不定我还遇到过三岛小姐你呢。"

村中开心地说。我用指尖摩挲着外婆的面庞,突然想到一件事。

"对了,村中你一直住在这里,对这周围应该很熟悉吧。你认识一个中学生模样,留着长发的男孩子吗?他的脸像女孩子似的修长漂亮,而且好像说不出话。"

"那或许是琴美的孩子吧。"

原本我是不抱希望随口问问的,村中却轻易做了回复。

"几个月前,我中学时期的同学带孩子回来了。听说这个孩子因为残疾,没办法说话。"

"啊!我觉得就是琴美的孩子。这个琴美和别人的关系处得好吗?"

"一点都不好。"村中耸耸肩说,"过去先不说了,现在应该没有谁和琴美的关系好。

"她高中退学后立马就消失了,此后的十年间她在什么地方做什么,没一个人知道。地方上的人都在流传她回来时带着一个大孩子。"

"这样啊。"我小声嘟囔道,"大概是学生时期怀孕,然后离开这个小镇去生孩子了吧。"

我这样说后,村中也点点头:"从孩子的年龄上看,应该是这样的。"

"话说,琴美的孩子发生了什么事呢?"村中继续说。

"啊,也没什么。上次的雨天,我的伞被吹跑了,正当手足无措的时候,他帮助了我。"

我似是而非地笑了笑,觉得多余的话还是不要说。"这样啊。"村中发出了惊诧的声音。"居然能有这样的事。"

"什么样的事?"

"听说那个孩子不能和人沟通。"

我哑口无言。怎么会呢？不可能那样啊。

"他会一直用旧的收录机听鸟和虫子的鸣叫声。另外，据说他讨厌泡澡和换衣服，也会乱发脾气。总之就是个让人束手无策的孩子。"

"抚养这样的孩子可真是艰辛啊！"村中感慨地补充道。他们的关系并不亲密，但村中却知道得这么详细。虽说是乡下，私人信息竟如此暴露无遗，想到这里我不禁毛骨悚然。可是，仔细听来，琴美的父亲似乎对周围的人也发了很多牢骚。

"琴美的父亲说，琴美和孩子生活在一起也就罢了，还总不带孩子来见他，他心里对这个孩子都没外孙的感觉了，而且也不能和外孙沟通，想要疼爱他也没办法。我奶奶非常同情他们，她说会长先生太可怜了。"

"呃，会长？"

就是那个令人厌烦的老头吧。

"品城老师——我不由得这样称呼他，老师对教育很热忱，会大力支持认真的学生和学生家长。我嘛……又笨又捣蛋，所以经常受到他的责骂。不过，我现在才明白，他很担忧我们。这个嘛，我惹他生气，他肯定对我很头疼吧。"

"也就是说不只是疼爱看上去容易培养的孩子啊。"我在心里嘟囔道。无论在哪里都存在着自私自利的老师，他们非常反感那些惹是生非的学生。虽然村中说早上那个穿着运动衫的老人是个好人，不过，我却对他没什么好印象，我觉得他是一个不值一提的教师。

吃完冰激凌后，村中邀请我："这次一起去喝一杯吧。"他说在鱼市的附近有一家美味的居酒屋。我没有立即回复,他又说道:"如果你不愿意只我们两个人去,那我们也可以叫上健太等其他人啊。如果能成为朋友,那确实令人高兴。另外,要是发生了什么事还能互相帮助。"

村中和善地笑着说。他向我表达了他对我的担心,这让我很开心,不过我还是回答说:"我不去。"

村中露出一副不可思议的表情。我已经不想被谁帮助,也不可以被谁帮助。

"感谢你送来的照片和冰激凌。"

"我也该走了。"说完,村中就走出了房子。

*

我重复地做着同一个梦。这个梦如此荒诞无稽,如同静静地生活在大海深处的鱼,一时兴起在浅滩现身一般。

轻柔的风穿过扫出窗[1],摇曳着窗帘。此时已过正午。在放倒靠背的可调节沙发上,一位母亲抱着婴儿正在打瞌睡。婴儿专心致志地吮吸着自己的小手指,还发出了"吧唧吧唧"的声音。留意到这一点的父亲,从母亲的怀中将婴儿抱了过来,并亲吻了婴儿的柔软脸颊。母亲慌张醒来,父亲笑着对她说:"没关系,你再稍微睡一会儿吧,你一定很疲倦吧,每天都这么付出,辛苦你了。"母亲愉快地微微一笑,说了一声谢谢。"那个,老公,我真的很幸福啊。我至今都不敢相信在我的人生中,

---

[1] 扫出窗:为将室内垃圾清扫出去而在日式房间紧接地板的地方开设的小窗户。——译者注

居然有这样的幸福等待着我啊。"

那么美妙的光景。这是谁都无法侵犯的、实实在在的幸福。我站在远方眺望着这闪烁着微光的情景。然而,我却无法走到这样的光景中。

妈妈,我也想抱抱弟弟,我也想尽情地吸一吸甘甜的乳汁散发出的香味——我想要这样大声呼唤,但是,声音却在我的喉咙深处凝成一个硬块,无法发出来。梦中的我很清楚,我如果这样做,必然会被斥责。

在临近但又极其遥远的地方,有我的亲人。

"你在看什么啊,贵瑚?"

继父注意到我眺望远处的样子后,收起了笑容,取而代之的是用冷冰冰的声音说:"不要摆出一副渴望的表情。到那边去。"

他的面容如此恐怖,像能剧的面具一般毫无感情。不按照他所说的去做就会被打。可是,我的脚却动不了。头脑中的某处期待着母亲叫我"来这边"。但这样的事明明是不可能发生的,因为母亲甚至都没有看向我。

继父心焦气躁地咂嘴,并走到我的身边来。我必须逃离。但,脚动不了。

"呃,继父……"

"你要听话啊!"

"啪",我的脸颊发出声响,在情感冲击中,我睁开了双眼。一切如常。

睁开眼睛后,看到的是早已看惯的天花板。我反复眨眨眼睛,叹了一口气。

"……又做这个梦了。"

这已经是二十多年前的记忆了。我自以为已把它忘得一干二净，但是，它如同昨天刚发生的事一样依然鲜明清晰。我已经不再指望母亲能望向我了，但为什么还会做这样的梦呢？可能是因为在搬到这里之前，时隔多年我又与母亲见面了吧。

"唐突地来见我，就是想立马夺走外婆的房子？你这是什么意思啊？"

母亲接待了回到老家的我，她依旧那么冷漠。对于多年都没有见面，也没有联系过的女儿的来访，她恐怕只会感到不快吧。我没有想着要得到热情款待，但是为了确保住处，我只能来访。

"你要乡下的那个破房子做什么？"

"居住。"

我这样简洁地回答后，母亲皱起了眉头。

"特意跑到九州的边缘地带去住？你是不是干了什么不好的勾当啊？该不会给真树的求职带来麻烦吧……"

"我没干那样的事，我只是想在那里一边眺望着大海一边生活。

"我打算到了那边后就不再回来了。"我这样说完，母亲用狐疑的眼神盯着我。"你要和那个男人住在一起吗？"她问，"那个无礼的男人叫什么名字来着？你计划跟那个家伙结婚吗？"

"我也不知道。比起这个事，还是先把那个房子给我吧。有了那个房子，我就再也不会靠近这里了。即便你要和我断绝母女关系也没关系。"

母亲睁大了眼睛。我定定地注视着她的脸庞。与我记忆中的母亲相比，现在的母亲稍微老了一些，而且，不知为何看上去要娇小一些。母亲的手背上，血管和骨头凸起，那双手过去经常打我。我一直被这双手摆布着。

"用一套多余的房子就能甩掉累赘，多便宜的事啊。请给我吧。"

母亲稍稍考虑了一下，说："之后可不能死缠着要钱啊。"

我点点头："要签个契约吗？"

"……哦，这倒不必。"

母亲摇摇手，一副无所谓的样子，她还说："我来办手续。以你的名义过户就可以了吧？作为交换条件，你以后不要再来这里了。"

几天后，她给我的手机打来电话，说手续办完了。我计划解约手机服务，所以这应该是我和母亲的最后一次联系。

"那么就和母亲你说一声再见了。呃……"

我原本想问她有没有哪怕一丝丝地爱过我，但最终我还是没有说出口。母亲毫不犹豫地挂断了电话。我听着机械的电话音，想着对她而言我究竟意味着什么呢？曾经不是有一个夜晚，她紧紧地抱着我，说虽然没有做好充分的准备，但还是想把我生下来吗？曾经不是有一个清晨，她哭着说正是因为有了我，她才能活下去吗？莫非这些都是我所看到的幻影？请让我相信我一直以来的生活寄托都是真的吧。

"……唉，都是些无关紧要的事了。"

我故意大声吼了出来。都无关紧要了。我已经不再是哭泣着从梦中醒来的小孩了。母亲不过是我以我的意愿终结的人生遗物而已。我不需要再追随她了。

"在人生的第二阶段，黄豆粉小姐一定能遇到自己的灵魂伴侣。你肯定能遇到一个能对你倾注爱意的灵魂伴侣。黄豆粉小姐会因此变得幸福的。"

把我解救出来的豆沙先生，对着我这个似乎因为失去母亲而濒临崩溃的人这样说。我根本就不觉得世上存在"灵魂伴侣"之类的、煞有介事的人物。不过，豆沙先生却胸有成竹地微笑着说："别灰心，肯定有的。在遇到他之前，先由我来守护你吧。"

我注意到正是那时豆沙先生的话，让我勇敢地活了下来。不管"灵魂伴侣"是否存在，仅仅依靠他的这些话，以后的人生我都能走下去。因此，我的内心是如此满足。明明我由衷地这样认为……

从床上起身后，我打开了窗户。远处是一望无际的湛蓝大海。上面飘浮着宛如刚刚做好的棉花糖般的云朵。尚不暑热的风，送来了广播体操的音乐声。今天早上老人们依旧嗨哟嗨哟地运动着身体，孩子们依旧让工作人员在卡片上盖章吧。与往常一样，这是一个安宁的清晨。悦目的景色中，传来令人怀念的声音。今天我依然侍弄了庭院，还调配昨天做的咖喱吃了饭。零食是网购的蕨菜糕[1]，据说是长野县最好吃的零食。广播里曾说，黑大豆豆粉与黑蜂蜜是这里的极品。

于是，这应该是毫无损伤的一天的开始。没有任何忧愁。可是，只要想到他不在了，我就觉得这一天如同奥赛罗棋[2]的棋子一下子全被翻过来似的，是最糟糕的一天。我身陷绝望之中，心似千刀万剐。唉，今天是没办法安稳度过了。

"豆沙先生，豆沙先生！"

---

[1] 蕨菜糕：用蕨菜根部的淀粉做成的糕点。切成小块，撒上黄豆面。起源于日本室町时代。——译者注
[2] 奥赛罗棋：又名黑白棋、翻转棋，游戏中相互翻转对方的棋子，最后以棋盘上谁的棋子多来判断胜负。——译者注

我祈祷般地反复呼唤着。年幼的时候，我会这样呼唤母亲。痛苦时、疼痛时、寂寞时，我都会像念咒语一般呼唤着："妈妈！"那时，母亲是比神灵、比佛陀更加崇高的存在。是从什么时候开始我不再呼唤妈妈，而改成豆沙先生的呢？现如今我甚至产生了这样的错觉：从我懂事开始我就一直在呼唤豆沙先生。都是因为我，我才失去了这个可以由衷祈求的存在。

"豆沙先生，豆沙先生！"

要是仅仅依靠回忆就能活下去该多好。听说有这样一种人，他们可以将只交谈过一次的话变成永恒的钻石，然后搂紧它就能生存下去。我也想成为这样的人。我发自内心地祈愿：希望能将与豆沙先生一起度过的日日夜夜装饰在自己身上，努力地活下去。可是，我没有纯洁到能够把它变成钻石。我是一个将愚蠢和懦弱暴露无遗的人，而且我犯过难以洗刷的罪行。

不断呼唤后，我的声音哽咽起来。每当无法实现的祈愿压在舌头上，我就会身体麻痹，无法呼吸。回过神来时，我已仰天号啕大哭起来。

我到底哭了多久呢？头感到割裂般的痛苦，脸庞因为泪水和鼻涕而湿淋淋的，就在这个时候，玄关的拉门处传来"砰砰砰"的敲击声。我擦拭着眼泪，想要假装不在家。片刻之后，拉门处依然传来敲击声。这是一种谨小慎微的敲击声。不知为何，我已经明白是谁来了。我站起来，跑向玄关。

我猛地拉开拉门，正如我所想象的那样，站在那儿的是那个少年。

"果然如此，果然是你啊。"

我想要露出笑容,却做不到。看到我那哭花的、抽搐的脸庞,少年惊讶地张大嘴。他惊慌失措起来,并来来回回地揉着自己的腹部。他肯定是在担心我腹部的伤口吧。

"抱歉,吓到你了。不过没关系,我只是稍微哭了哭。说起来,你每次都是在我哭的时候见到我。"

我用双手胡乱擦了脸,对他展露笑容。我觉得自己的状态应该比刚才好吧,不过似乎也没什么大的区别。他的脸色甚至有些发青,此时他颇为担心地用手指指着我的腹部。

"啊,我的肚子并不痛。怎么说才好呢?是辛酸、难受,不,不对,怎么说才好呢……害怕。啊,对了,是害怕。"

我极度害怕。

少年大概在想我是在害怕什么呢?他不安地窥视着周围和我的背后。

"不,不,不是那样。怎么说才好呢,就是那种被人抛弃的、迷路的孩子一样的感觉……你应该无法理解吧,抱歉。"

我又问他:"不过,你为什么来这里呢?"依旧忧虑地皱着眉头的少年拽了一下自己的衣服。今天他穿着皱皱巴巴的白衬衫,仔细一看发现那好像是绅士穿的内衣。他双手抓起内衣边给我看。

"什么什么?哦,莫非是那件T恤?我让你脱掉了。"

抓起内衣边拼命向我诉求的少年,不停点头。

"请稍等一下。"

我走进去取来T恤后,少年的脸上露出安心的表情。把T恤交给他后,他先是瞬间面露喜色,但立即脸色就阴沉起来。

"呃,是不是觉得我还是别多管闲事?"

因为这件 T 恤太臭,之前我洗了它。少年垂下眼睛,目光落在我叠好的 T 恤上。之前我觉得只是洗洗,应该没什么问题。不过,此时恐怕会被他责骂:你到底做了什么!

"对不起,我是不是瞎操心呢?"

我这样慌慌张张地说完,少年摇摇头。随后,他向我鞠了躬,打算离开。我抓住他的胳膊。

"那个,上一次硬逼你做一些事,非常抱歉。你要吃点心吗?我网购了蕨菜糕,据说非常可口。"

他犯难地摇摇头。

"你讨厌吃甜的?那么薯片怎么样?家里备有五种口味的。"

他再次摇摇头。看到他那决绝的表情,我说了一声"对不起"。

"对不起。其实我是希望你能稍微在我身边待一会儿。我现在孤独得快要死去了。"

这样说完,新的泪珠涌出,滑过我的脸颊。我那抓住他细胳膊的手再次用力。

"稍微待一会儿就可以了。拜托了!"

我对这个孩子,到底在请求些什么啊?不过,无论是哪种生物都行,只要能待在我的身边,分给我一些温暖就可以。

"噗"的一声,我知道,他的身体挣脱了我的手。我吸吸鼻涕,用变空的手擦拭了脸。我瞟了他一眼,发现他只向我走近了一步,并窥探着我的脸。他那宛如色彩浅淡的玻璃工艺品的眼眸,跳动着端详我。

在那无言的温柔中,只落下一句话:"谢谢。"

大概是因为上次的事产生了戒备吧，他不想进到屋里来。所以，我就在檐廊上放了一张日常使用的矮脚饭桌，我们在那里吃了咖喱饭。"你吃早饭了吗？我这里有咖喱饭。"刚才我这样说完，他的肚子就"咕咕"大叫起来。于是，我对这个面红耳赤、有些犹豫的少年说："我也还没吃早饭，我们一起吃吧。"之后，虽然我担心咖喱可能有点辣，但他却吃得津津有味。

日光依然柔和，晨风轻轻吹拂，让人感觉像是在郊外野餐一般。之前我那烦躁的心情，在清风的抚慰下，慢慢变得安宁。他能来可真好。

"好吃吗？"

少年瞥了一眼我那因为恸哭而变得浮肿的脸，然后用力点点头。转眼间他就吃完了，我问他要再来一份吗，他羞涩地点点头。

"请多吃点。反正家里只有我一个人，剩下了我还得冷藏起来。"

我一边吃着咖喱饭，一边观察着他。虽然村中曾说这个孩子无法沟通、有些粗暴，但我完全没有这种感觉。不只如此，我还觉得他像兔子、小鸟一样是个脆弱的生物。少年露出纤细的前颈喝了水，然后呼出一口气。他的脸颊泛起淡淡的红晕，他还满足地眯起眼睛。虽然知道他是个男孩，却觉得他如同少女般纤柔。

"来点饭后甜点如何？已经吃了辣的东西，那么接下来我们吃甜的东西吧。刚才我不是说过嘛，家里有蕨菜糕。在广播里听到蕨菜糕非常好吃，我就网购了。现如今可真是个便利的时代啊。无论身处何地，无论什么东西，都可以买到。说实话，因为这里太不方便了，所以之前我买了平板电脑。我不需要电视，也不需要手机，但网络必不可少！"

说完，我立即去准备蕨菜糕了。在蕨菜糕上满满地覆盖一层黄豆粉和黑蜂蜜后，我把它端到少年的面前。此时他的眼睛闪闪发亮。他盯着我，似乎在问可以吃吗，我催促他："快吃吧。"少年的举止略显客气拘谨，然而是忍不住了吧，他大口大口地吃了起来。大概是吸黄豆粉时被呛到了，他急忙喝了一口水。这旺盛的食欲提醒我，他之前应该没有吃饭。我认为他肯定没有吃早餐。抬头看看钟，已经八点。通常情况下，这个时间点应该是做完广播体操，吃完早饭了……于是，我忽然察觉到一件事，不禁"啊"地叫了出来。少年歪着脑袋望向我，我笑着说："没事没事。"

对了，据说是少年的外公的品城先生，有可能对这个孩子施加了暴力。品城先生对周围的人说，这个孩子讨厌换衣服和洗澡，让人束手无策。恐怕这是为了掩盖孩子身上的伤疤而编造的谎言吧……

我的后背有某种令人讨厌的东西在穿梭。如果真是这样，那么这个无法说话的孩子就不能向任何人求救了。另外，在这一带，品城先生是个德高望重的人，所以即便向别人揭露真相，估计也不会有人信。

少年冷不防地停下手来，然后东张西望地扫视四周。他似乎是对停驻在庭前的鸟的叫声起了反应。他抬起头仰望阳光耀眼的天空。对了，我突然想起来，村中曾说这个少年喜欢鸟与虫子的鸣叫声。

"你喜欢鸟？"

少年轻轻地点点头。比他先吃完饭的我，已经将平板电脑拿来，并打开了视频网站。我播放黄莺鸣叫的视频后，他惊愕地望了过来。他目不转睛地盯着那只停在树枝上高声啼鸣的黄莺，他的表情如同见到什么稀罕物。这个年代的孩子都觉得平板电脑是身边的常见物，可他却像是第一次见到似的。

"你尽情看吧。视频播完后,点这里。这样就能看其他的了。"

少年不停点头,很快就被平板电脑俘虏。即便我跟他搭话,他也毫无反应。我时不时地教他再看一遍或调节音量等的操作方法,一个小时后他已经驾轻就熟。

"你可真厉害啊!"

我对孩子吸收新知识的能力感到惊愕的同时,又不禁怀疑这个孩子真的有残疾吗。他除了不能说话,没有其他不协调的地方。当然,我还没有和他深入接触,所以不了解他的真实情况。然而,不知为何,我坚信这个孩子是个极其普通的孩子。他肯定是有什么原因才不能说话的。

少年把平板电脑递给我。好像是他点了广告。他的嘴在动,似乎想要说点什么,却发不出声音。

"啊,这个时候啊,要点这里。另外呢……"

一双澄澈的眼眸注视着我那取过平板电脑做各种操作的手。我偷瞄了一眼他的脸。

从这个孩子的身上,我嗅到与我相同的气味。这是一种不被父母倾注爱意、孤独的气味。我想正是这种气味,剥夺了他的语言。

这种气味十分棘手。不管怎么认真清洗,都洗不掉。孤独的气味不是进入了皮肤和肌肉,而是渗入到心中。如果有人说"我已经让这种气味消失了",那么我会认为这个人的内心变得丰盈了。如同把墨水滴入海中,墨水就会变淡消失似的,心中的那一片水域如果变得广阔、丰盈,成为大海,那么之前渗入的孤独也会变淡,从而失去气味。我觉得这样的人是无比幸福的。可是,也有一些人,他们已经厌倦总是让鼻腔感到瘙痒的气味,却不得不拥抱着浑浊的水域生存下去,就像我一样。

平板电脑里再次响起鸟叫的声音，少年的表情变得欢快起来。看到这个神情，我真想让他的气味变淡。不过同时，我也认识到，这样的我是不可能做到那一点的。我连自己的事都没有处理好，又怎么能拯救别人呢？"你是因为寂寞，想要只猫咪而已。"另一个我冷笑着说。

感觉我正身处远方，眺望着少年的侧脸。

这日之后，他每天都来我家。我们坐在檐廊上一起吃零食，有时一起吃饭，他依然沉浸在平板电脑里。不仅仅是鸟，似乎其他动物的叫声也能吸引他。他如此专注，不禁让人佩服地说一句"竟能如此聚精会神"。

几天之后的某一天，我想要叫他，却意识到他还没有告诉我他的名字。

"之前有些马虎。哎，哎，也不能总叫你'哎''你'，能告诉我你的名字吗？我呢，名叫黄豆粉。其实真正的名字是'贵瑚'，别人给我起了个昵称叫'黄豆粉'[1]，很可爱吧？"

我拿起一根短棍，在庭院的地面上写出"贵瑚"两个字，还在字的旁边标注了假名"キコ"。我不知道少年的文化水平达到了什么程度，不过他能读懂文字。我确认过，他可以正确地输入"狮子""布谷鸟"等名字。

"你就叫我黄豆粉吧。那么，接下来就是你的名字了，请告诉我。"

我把短棍递过去，同时偷瞄着他。少年一动不动地拿着短棍，稍微思考了片刻，随后他缓缓地写出了"虫"这个字。

---

[1] 日语中，黄豆粉的假名为"キナコ"，贵瑚的假名为"キコ"。——译者注

这是什么意思呢？少年望着倒吸一口凉气的我。从他的眼睛里无法读取感情。

那天之后，他再也没有穿我曾洗过的那件T恤。他会以三天换一次的频率，换穿旧的成人内衣。他的头发和身体，多多少少还是洗过，有些日子很臭，有些日子却不臭。因为他根本不让我碰他的身体，所以我也没办法检查，他的身体上肯定还留有伤疤吧——我觉得他遭受了暴力。他的身上一定存在着想要隐藏却难以隐藏的受虐痕迹。

"呃，啊，这个嘛，你应该是叫'武藏'吧？[1]"

"虫"难道像我的"黄豆粉"一样，只是个昵称？虽然那样问他，但我觉得他不太可能叫"武藏"。无论我怎么左思右想，也找不出来一个善意的理由。正如我所预料的那样，少年摇摇头，无趣地扔下短棍，再次拿起平板电脑。他心不在焉地看着视频，他的脸上，焦躁感在漫溢。必须尽快和这个孩子搞好关系，好到能让他告诉我他所深陷的状况。

之后，我在院子里晾了衣服，在这个过程中，我听到了那熟悉的声音。回过头来看，发觉声音似乎来自平板电脑。好像是他在翻看视频的时候，搜寻到了那种生物。

"那个……"

坐在檐廊上，侧耳聆听的少年——"虫"这个名字当然无法叫出口——注意到我的惊诧，他指着平板电脑。

"啊……那个，亏你能发现这个视频啊。我经常听它。"

少年指着平板电脑，歪歪脑袋。他肯定不知道那是什么生物的声

---

[1] 日语中，虫的假名为"ムシ"，武藏的假名为"ムサシ"。——译者注

音。我将晾到一半的浴巾扔回筐子里,坐到少年的身旁。

视频里可以看到,微暗的水中,有气泡缓缓上升,同时伴随着深邃的回响。那似乎是充沛的呼吸,又似乎是用鼻子哼歌。这种声音听起来像是在温柔地呼唤。

"这个嘛,是鲸鱼的歌声啊。"

少年的眉角稍稍扬起。

"吃了一惊吧。据说鲸鱼呢,在海中会像唱歌一样呼唤自己的伙伴。"

"噢!"少年感叹一声,然后将视线投向眼前的大海。我也和他一样凝望着大海。

"简直太神奇了。在那么广袤、深邃的大海里,它们的声音可以顺利到达伙伴那里。它们肯定能够对话。发出这个声音的鲸鱼,到底想要表达什么呢?"

如果它们想要表达的是一些天真烂漫的东西就好了。比如,"这是一个月光极其明亮的夜晚啊","这一片海,美丽,舒服","好久没见了,真想见你",诸如这样的对话在海中交织就好了。

"在水中听到对方的声音究竟是一种怎样的感觉呢?我想我应该会被对方的情思所包裹吧。"

我将用尽全身的力气接受、倾听朝向我的情思。那肯定非常舒服吧。

"不管距离多远,都能感受到朝向自己的情思,这多棒啊。不过呢,也有一些鲸鱼遇不到这样的幸福……"

我还在说话中,少年就冷不防地站起来。我抬头望他,看到他不悦地皱起眉头，歪着嘴唇。还没等我问他"怎么啦"，他就逃跑似的回去了。

"我想说的才刚刚开始啊。"

在他对鲸鱼的声音产生兴趣的时候，我本想试着和他聊聊。如果是这个孩子，大概会明白我为什么要听鲸鱼的声音吧。

"他应该还会来吧。"

我小声地自言自语道。

*

我在网上买了辆自行车，一是因为注意到自己运动不足，二是为了扩大行动范围。于是，只要鼓足干劲，就能骑到永旺超市去了。不过，我感觉在乡下才真正发挥出网店的价值。仅仅依靠近藤百货店，果然是活不下去的。要等到那里摆上西西里岛葡萄酒和比利时啤酒的一天，恐怕我早去世了吧。

自行车一寄到，我就立刻骑着它出去远行了。我骑下坡道，朝着很少涉足的鱼市的方向踩着脚踏板。我从关着卷门的、生锈的建筑群旁穿过，感觉以前这些店都是私人店铺。一个貌似公园的地方，里面生长着几乎与我的腰齐高的野草，油漆脱落的攀登架和滑梯孤零零地伫立在那里。

"外婆居然能在这种地方生活下去啊。"

我轻声地自言自语道。听说一直在东京当艺伎的外婆，生活非常富裕。母亲说，外婆雇了保姆，一边教育后辈，一边去浅草玩或者观剧，过着优雅的生活。她说，外婆是在我三岁的时候搬到了这个小镇，那么那时她大概六十岁。她那个年龄，居然敢冒险搬家啊，而且，还是独自一人住在这样一个什么都没有的小镇里。即便是我这个没怎么经历过富庶生活的人，也觉得这里很不便。

"她是个爱慕虚荣的女人。"母亲嗤笑一声，说道，"那个人被大财主抛弃了，没办法过上之前气派的生活。不过，她爱慕虚荣，不想让那些了解她辉煌时期的人嘲笑她，所以就逃到了没人知道自己的乡下。真是个蠢货。不过，她晚年过着寂寞的生活，这也是没办法的事，谁让她是个姨太太呢。"

"她是位优雅的艺伎。"

继父曾这样说。那时外婆已经去世。在我六岁的时候，外婆似乎因为大动脉破裂而溘然逝去。在进行长歌训练的过程中，她突然感到痛苦，虽然被紧急送入了医院，但还是没有救过来。母亲嫌弃外婆，曾说即便外婆的形势危急，也不会去照顾她，结果，也不需要母亲做什么就这么结束了。外婆留下了许多钱，足够为她办一场葬礼。知道这件事后，继父说："一想到那个女人是自己的亲人，我就难以抑制自己的厌恶。因为她是姨太太，这让我觉得非常耻辱。但是，我要对她的生活态度表示敬意，她没有破坏被称赞为'慷慨大气'的著名艺伎的形象，直到生命的最后时刻，她都优雅地活着。仅此一点，她就值得称赞。"

对我而言，外婆只是一个和蔼可亲的人。她既不自矜，也不傲慢，仅仅是一个安详地笑着的、给人温暖的人。她如此美丽，宛如默默地盛开在庭院一角的龙胆花。他们俩口中的外婆，与我心中的外婆不同。

此外，他们俩也不知道为什么外婆会选择居住在这里。这个小镇与外婆毫无关联，也没有值得她依赖的人。这里没有引人注目的特色，仅仅是一个乡间渔村而已。外婆究竟在这里追求些什么呢，她是怎么活下去的呢？

我一边踩着脚踏板，一边茫然地乱想着，之后我来到省道附近。正当我东张西望，不知道该往哪里骑的时候，突然听到有人叫我"三岛女士"。我将棒球帽的帽檐抬起来，朝着声音发出的方向望去，只见村中从货车的窗户探出身来，向我招手。

"你在这里干什么啊？"

"我刚买了自行车，在试骑。"

"哦，这样啊。你吃过饭了吗？我准备去吃饭了。"

他这样说完，我看了看手表，已经下午一点了。

"如果方便，我们一起去吃饭吧。我给你介绍一家美味的套餐店。"

听他这样说，我稍稍想了想。我好像有很长时间没在外面吃过饭了。好不容易买了自行车，就让他告诉我那家店的位置吧。

"好吧，我们一起去吧。"

村中瞬间喜形于色。

村中的货车作为先导，将我引向了骑自行车几分钟就能到达的一家小店。蓝色雕白印花的门帘上写着"吉屋饭馆"。正想要打开磨砂玻璃拉门时，一群穿着工作服的大叔走了出来。进入饭馆后，我发现里面出人意料地宽敞。四人座有四张桌子，还有四个加座席位。刚才那些大叔都坐在加座席位上吧，无论哪个席位都还没有收拾好。饭馆里有两位系着围裙的女性，正匆忙地收拾着桌子。

我们在窗边空着的一张桌子边相对而坐，然后打开菜单。里面的品种很多，有咖喱猪排饭、什锦汤面、炸鸡肉等。同类菜品式样也很丰富，而且晚上还能喝酒，感觉这里就是一家大众食堂。

"说起来，健太在哪里啊？"

"那个家伙最近迷上了一家牛肉盖浇饭店的店员，那家店就开在永旺超市对面。"

村中耸耸肩膀。村中又说，健太用情专一，他决定每天只在这家牛肉盖浇饭店里吃午饭。为了支援属下的恋情，村中之前也会跟着去，不过终究还是腻味了，所以今天他们分别行动。

"不说那个了，今天要推荐的是这个，鸡肉天妇罗套餐。"

村中指着一张大照片，旁边用红字写着"人气 No.1"。据村中介绍，鸡肉天妇罗是这里的乡土料理，小镇所有的家庭都喜欢这家吉屋。他说，大家只在这家店里点鸡肉天妇罗。

"那么，我也点这个。谢谢。"

叫了一声，女店员立马就过来了。点了两份鸡肉天妇罗套餐后，村中发出"咦"的一声。

"你是琴美吧？"

听到这个名字后，女店员大吃一惊，我望着她的脸，瞪大了眼睛。她在粗斜纹布围裙上系着一个白色的三角巾，我觉得她的相貌和那位少年有些相似。

"啊，村中君……"

她那少女般的体型，如线条般纤细。她羞涩地笑了笑，抓脸颊的动作如此童稚，不过，她的面容业已衰老，不会让人觉得她是村中的同学。就像娇艳的花朵因为毒液而枯萎了似的，令人不忍目睹。

这个女人，是那个少年的母亲……

"我们已经有十年没见过了。你居然还记得我啊。"

"那当然啦……我们从小学的时候就认识了。不过，你整个人的感觉，还是发生了很大的变化。"

村中字斟句酌地说完，琴美的脸上露出笑容，她说："女人本来就善变嘛。"

"不，呃……或许吧。"

"呵呵，村中君依然那么单纯。真可爱。你们点的是两份鸡肉天妇罗套餐。嗯，我知道了。"

她略微歪着头，粲然一笑，就像人气偶像那样说道。之后，琴美走进了厨房。随后立即听到"小琴要休息一下了""好的"之类的交谈声。

"……真是经历了很多艰辛啊。"

村中的目光追着琴美的后背，伤感地小声这样说道。之后，他又对我说：

"中学时期，她是学校的第一美少女。反正就是非常可爱，给人一种学校偶像的感觉。我有好几个朋友都跟她表白过，不过都被她拒绝了。琴美之后考进了这边入学分数很高的一个高中。我是个笨蛋，最后进入了垫底学校，所以我们上的高中不同。不过，还是能一直听到琴美的一些传闻。当听到她退学离开了小镇的时候，大家都盛传她肯定是被哪里的艺人事务所挖走了。现如今变成这样，真是让人悲伤。"

村中将视线投向远处，仿佛看到了还是美少女的琴美。

"琴美女士的性格大概是怎样的呢？"

"有些地方是有些娇惯。不过，她非常可爱，无论别人说什么，她都能原谅对方。与其说她是偶像，不如说她是公主吧。"

"这样啊。"我适当地附和一句。那样的一个人现如今称呼自己的孩子为"虫"，让他穿着破破烂烂的衣服，还对他施加暴力，恐怕也不给他充足的食物。

把这些告诉村中，他会相信我吗？可能会勉强相信吧。我想要尝试告诉他，却张不开嘴。将这些事告诉村中，也许会对那位少年产生危害吧。

我曾因为一些廉价的善意而苦恼。小学四年级时教我的女老师，向我的母亲指出我的学生服总是没有熨。女老师曾对我母亲说："你还有个小孩子，应该很辛苦吧。不过，还是稍微照顾一下贵瑚儿吧，这样她的孤单感也能减轻。请用真诚的态度让她明白，你也会好好爱她的。"

这件事发生在寒假之前的三人面谈中。老师得意扬扬地说完后，我的母亲回答道："抱歉，我没有注意到，真是太惭愧了。"说后，母亲谦恭地低下头，不过，她的脸刹那间变僵，这一幕我没有看漏。果不其然，一回到家母亲就大发雷霆，开始殴打我。我倒在地上，她揪着我的头发，露出一副恐怖的表情威吓我。

"为什么要让那样的丫头片子自以为是地来教训我？你到底对她说了什么？！"

当然，家里的事我对谁都没有提过一个字。我不想对别人说，父母溺爱我的弟弟，我这个母亲的拖油瓶被当作了负担。更重要的是，我也不愿承认这一点。现在想来，那位老师可能是留意到我的穿着打扮完全不修边幅，所以才会委婉地提到"熨衣服"吧。她大概自认为可以巧妙地提醒这对父母不要过分宠爱年龄小的那个孩子吧。可是，事情根本就没有这么简单。

母亲在玄关殴打过我很多次,即便如此,她的盛怒还是得不到发泄。到了寒假,母亲不让我吃饱饭。一天只让我吃一顿,就是晚饭的时候给我一小碗加了鱼粉拌紫菜的白米饭,我还不得不一个人在客用洗手间里吃。母亲说这是让她丢脸的惩罚。在没有暖气的、寒冷刺骨的狭窄空间里,我一边感受到远处热乎乎的肉和鱼的香味,还有家人欢乐的笑声,一边吃着白米饭,觉得食之无味。但是,我的肚子太饿了,我无法忍受,所以我只能哭着将米饭塞入口中。那一年,只有我一个人没有圣诞节、除夕和正月。饥饿难耐的圣诞节深夜,我打开了垃圾桶,发现里面有真树吃剩下的鸡肉、寿司和蛋糕。砂糖做的圣诞老人上面涂着鲜奶油,我毫不犹豫地抓起它吃了起来。被鲜奶油泡涨的圣诞老人,既甘甜,又有些腥味。

"三岛女士,你为什么发呆啊?"

村中的声音吓了我一跳,我说:"没什么。"真是一段让人悲哀、厌恶的记忆啊。

不久,鸡肉天妇罗套餐就被端来了。我之前想象里面是炸鸡肉,但是此时发现鸡肉天妇罗裹着松软的外皮,不禁有点惊讶。我说我是第一次吃这个,村中就建议我蘸上橙汁更可口。

"把橙汁挤进这个小碟子里,如果喜欢辣,还可以加柚子辣椒。或者,简单加点盐也很好吃。"

按照村中所说的,我将鸡肉天妇罗稍微蘸了一点橙汁,然后送进嘴里。鸡肉的油脂瞬间渗出来,但在橙汁的调和下,味道很是清爽。"真好吃啊!"我小声嘟囔一句后,村中开心地笑起来。

"这附近的人,都有各自喜欢的鸡肉天妇罗屋。不过很多人都说,还是自己做的最好吃。"

这家店的鸡肉天妇罗的外皮接近干炸。因为我喜爱外皮薄而脆的天妇罗,所以我问村中有没有这样的店,他告诉了我几家。

"其他想推荐的店,哦,对了,女孩子应该喜欢甜食吧,有一家店卖塞满鲜奶油的奶油泡芙……"

"啊,不用了。我吃不了鲜奶油。"

那个圣诞节之后,我再也忍受不了砂糖点心和鲜奶油了。

"那么你喜爱辣食?这样的话,这附近有一家名为'琉球'的乡土料理店,那里的菜也很适合下酒。"

我一边听村中讲述周围美食店的信息,一边吃了饭,之后我们在店门前分别。村中说:"我准备去牛肉盖浇饭店接健太了。"然后我正要目送他远去,不过,他没有启动车,而是打开窗户,说了句:"那个……我想和你的关系更好些,可以吗?"

我不假思索地回了声:"啊?"随后,他低下头,吞吞吐吐地说:"我想和三岛小姐的关系更亲密些……"之后,他抬起头,"呃,这个我太不擅长了。实话就是,我希望我们的距离能拉近一些。"他快速说道。

"我很在意三岛小姐。也不是说立马让你和我交往,姑且往那个方向发展就好。所以我希望你能没有顾虑地好好考虑一下。"

我望着村中,被当时的势头压制着。他定定地盯着我,眼睛里没有一丝犹豫。我觉得他肯定是个表里如一的人。但是,另一个我在我的心中小声说道:"或许搞错了吧。他只是对外面来的女人感到新奇,所以才那么说的。不过,重要的是,你绝对不能接受这样的告白,你很可能再次伤害别人。"

"偶尔去找你玩可以吗？"

"冰激凌的话，倒是可以一起吃。"我一边这样说，一边觉得画这样一条线应该没什么大碍。只要严格区分亲切和爱情就可以了。村中大口喘了一下气，放松了下来。"下次，我会买很多冰激凌。"说后他就离去了。我目送他远去，然后骑上自行车。为了帮助消化，我打算绕远回家。

当我的自行车绕到店的背后时，我看到琴美正坐在店后庭里的一把椅子上。她仰望着天空，呆呆地吸着烟，整个人渗透出疲劳感。我从她的旁边骑过，她似乎没有留意到，脸完全没有转向我。

那个人究竟是怎样的一个人呢？对那个少年而言，她究竟是怎样的一个母亲呢？我一边踩着脚踏板，一边这样思索着。那么，我该怎么做才好呢？在这个时候，怎样做才是正确的呢？

食不果腹的日子是在新学期开始的前一天结束的。我整整抄写了一个笔记本的"在外面不让父母操心"之后，才被原谅的。总算安下心来，我一边哭泣一边吃饭。继父与母亲对我说："如果你没有让母亲受伤，我们也不会这么严苛地对待你。所以，再也不要让母亲丢脸了。"他们的语气如同安详的教诲，此外，他们还温和地抚摸着我的头。可是，他们两人的眼睛里，却没有笑意。于是，我不断点头，说在外面绝对不让父母操心。不过，这只是写在笔记本里的话，具体说来，应该做什么呢，不可以做什么呢，我完全不知道。我唯一知道的是，如果下次出现相同的情况，肯定会有更加严厉的惩罚等待着我。我绞尽脑汁思考后，发誓一定要让自己的仪容变整洁。

此后，我每天都会清洗自己的衣物，并将其熨平整。衣服的尺寸不合身，数量也少——他们几乎不给我买新衣服——这也是无可奈何的事，不过我不会让之前的那位女教师感觉我不整洁。她没有发现我比寒假前瘦了，当她看到我那洁净的衬衫时，笑着对我说："不是很漂亮嘛。"她还说，看来贵瑚儿的母亲确实有好好照顾贵瑚儿，贵瑚儿的母亲能够像宠爱弟弟一样宠爱贵瑚儿了，这一点显而易见。

我真想朝那无知的笑靥上吐口水。都是因为你那些欠考虑的话，才让我遭受这致死般的艰辛。你根本想象不到，吃那带着鱼腥味的圣诞老人糕点，是多么悲惨。而且，我觉得不能再信任这个人了，如果被这个人当成可怜的孩子，我肯定会变得更加不幸。我不想再被这个人或其他人可怜了。今后，我要时常警惕大人们。

汗水从太阳穴处流下。盛夏正午的阳光果然炽热。之前厚厚涂抹一层的防晒霜也被汗水带走了。在一家不知是否还在营业的商店屋檐前，我停下自行车，拿出斜挎包里的瓶装茶水。我喝了一口微温的茶水，呼出一口气。然后仰视天空，看到天上有一大片积雨云。我拿下棒球帽，"啪嗒啪嗒"地向脸扇着风。

也许欠考虑的善意只会勒死那个孩子吧。必须避免这样的糟糕情况出现。那么，到底该怎么做呢？我基本上没有听过那个孩子亲口说话。我为什么会这么在意那个孩子呢？连我自己都不知道。

"不过，应该见不到他了吧。"

已经过去好几天了，他没有再来过。真想让他听完那时我想要讲的话，大概他再也不会来了吧。

"刚才我要是对琴美说'我想要和你的儿子成为好朋友'就好了。"

我小声嘟囔着根本就做不到的事，然后笑了笑。在这个方面，豆沙先生非常厉害。仅仅数天，他就从我家把我这个萍水相逢的人救了出来。而且，他还向我母亲斩钉截铁地说："大妈，请闭上你那叽叽喳喳的嘴！"那时我真觉得自己在做梦。我好想变成豆沙先生那样的人，但是我没有他的温柔和坚强，所以事情未必会进展得顺利。而且，豆沙先生之所以能那么强硬，很大原因是当时我是个成年人。

鸟在积雨云里展翅飞翔。可能是因为乘着清风吧，它优雅地画出了一个圆。我眺望着它，同时询问着豆沙先生。豆沙先生，如果是你，你会怎么做呢？最好的对策究竟是什么呢？

我又喝了一口茶，再次朝家的方向踩脚踏板。

几天之后的一个夜晚，正当我要上床睡觉的时候，玄关的拉门发出了"咔嗒咔嗒"的声响。我不禁畏缩着身子，回想自己是否锁好了门。其间，拉门再次发出声音，我舒了一口气，这个声音我知道。但是，为什么是在这个时刻呢？

我从床上跳起来，向玄关跑去。我打开门外的灯，问道："呃……应该是你吧？"我想着他果然还是需要名字的，随后像是回应似的，门又被敲了一次。

我做了一次深呼吸，然后打开门锁，拉开门。那个少年确实站在那里。我自认为已经做好心理准备，但看到他后，我禁不住小声悲鸣。他的头上流下来黏稠的血。

"啊，不会吧，受伤啦？！啊，救护车……对了，平板电脑可以通话是吧?"

我的腿脚战栗,头脑陷入混乱。少年惊慌失措地用手心擦掉脸颊上的血,然后将手伸给我。一股酸酸甜甜的味道刺激着我的鼻子,这时我才反应过来。

"啊,咦?……番茄……酱?"

少年点点头。那似乎不是血,是番茄酱沾到了头上。

"啊,我的心脏都要停止跳动了……"

我平复着激越得快要爆炸的心脏,同时靠在拉门上。稍不留神,我可能就会瘫下来。我一边调整着急促的呼吸,一边盯着他。他茫然地伫立在那里,摆出一副快要哭出来的表情。对着他那张不安的脸庞,我勉强报以微笑。他是来依靠我的,我绝对不能张皇失措。

"你能想到我,真是感谢。"

这样说后,少年的眼睛里缓缓渗出泪水,我觉察到他的身体在微微颤抖。眼看他就要大声哭出来,但最终他还是绷紧嘴唇忍住了。

"呃,你姑且先洗个澡吧。我把我的衣服借给你。"

我将他那握成拳头的手拉过来。少年老实地走到屋里。

我感知到他在浴室里淋浴,与此同时,我为他准备了T恤和短裤。他平时穿的那件旧衬衫和粗斜纹布裤的上面,尽是番茄酱的斑点,所以我就把它们扔进洗衣机里。少年如果以这样一身打扮,在深夜的街道上晃荡,估计会成为猎奇事件。他来到这里之前没有被别人看到,真是太好了。不,应该是他被发现后,被通报给了警察更好吧。

"我把换的衣服放在这里了。"

这样说完,我回到了客厅。抬头看看挂钟,发觉已经到了第二天凌晨。他吃过饭了吗？是不是应该让他吃些东西，然后联系警察呢？虽然不知道发生了什么事，不过我应该去找琴美。这样思索着，少年慢吞吞地走了过来。

"啊，这不是变整洁了嘛。"

可能是因为我叮嘱他不要有顾虑，沐浴液和洗发液尽管用，他才会变得这么干净利落吧。他那长刘海梳到了后面，露出的面容确实与琴美相似，而且还很俊美。我终于可以理解了，琴美过去果然是学校的第一美少女啊。

不过，透过他T恤的袖口，可以窥视到他那瘦削的胳膊。他的身体上肯定还散布着其他的伤疤吧？想到这里，我的内心不禁隐隐作痛。

"啊，对了，你要吃饭吗？现在只有泡面，你要吃吗？"

在这个场合下，我本应该亲手给他做温暖的饭菜，不过恰好就在今天，冰箱变空了，我的晚餐是冰箱里唯一剩下的冷冻乌冬面。少年摇摇头。"那你吃冰激凌吗？"我这样问后，他稍微想了想，然后点点头。

"我这里有很多冰激凌，你过来，我给你挑一个。"

前几日，村中赶忙拿来了一大袋的冰激凌。我说，之前的还有剩，还没吃完，他却说"冰激凌又没有保质期"，然后半强制性地把袋子递给我，还羞涩地加了一句"我还会来，所以我的那一份请提前留好"。我不清楚村中到底对我的哪一点抱有好感，他的品位还挺差的。莫非他已经忘记我扇他耳光的事了吗？

看到冰箱里的冰激凌后，少年拿了香草冰激凌，我选择了草莓冰激凌，随后我们两个不知不觉地走到了檐廊上。没有一片云彩的夜空里，蛋黄色的月亮发出柔和的亮光。这是一个朗月之夜。白天的暑热如同谎言般隐匿踪影,只有轻柔的风吹拂着。

"步行来这里还是很方便的吧。"

我对坐在身边的少年这样说完,他似乎有些苦恼地低下头。我催促他快些吃冰激凌,于是他慢腾腾地吃了起来。坐在他身旁的我,也吃了起来。

这是一个宁谧的夜晚。侧耳倾听,感觉就能听到波涛拍击海岸的声音。

当我听到"呜呜"的声音后,我向身边望去,发现少年一边吃着冰激凌,一边哭泣着。他将冰激凌塞进嘴里,让眼泪静静流淌。到了这个时候,他还要抑制自己的声音吗?他注意到我的视线,于是慌忙擦拭了眼泪,将头转了过去。

我一言不发地吃着冰激凌,同时仰望着月亮,聆听波浪的声音。吃完冰激凌后,我把放在寝室桌子上的MP3播放器拿了过来。他也吃完了冰激凌,呆呆地坐在那里,此时他留意到我手中的东西,歪了歪脑袋。

"我的话,当寂寞得快要死去的时候,我会听一种声音。"

之前,我打算让他听这个声音,结果他逃走了。

我把一只耳塞递给他,然后将另一只耳塞塞进自己的耳朵里。我按下播放键,里面立即传来声音。他盯着我,嘴巴动了动,仿佛想要说些什么。

"嗯,是的,这是鲸鱼的声音。和你之前听到的那头的声音不同。"

这种声音像是来自远方的呼唤,又像是渐渐远去,似乎能直达世界的尽头。

"这头鲸鱼的声音,无法传达给其他鲸鱼。"

少年的眼睛微微张大,并歪斜着脑袋。

"与普通的鲸鱼相比,这种鲸鱼的音调高低——被称为'频率'——完全不同。鲸鱼也有很多种类。不过它们大致在10~39赫兹这个范围内高歌。这种特殊的鲸鱼的歌声频率高达52赫兹。因为音调极高,其他的鲸鱼都听不到它的声音。你现在听到的这个声音,好像是为了适应人类的耳朵而提高了频率,真实的声音要更低沉一些。"

52赫兹的鲸鱼,被称为世界上最孤独的鲸鱼。它的声音确实在浩瀚的海洋中回响,却没有伙伴能够聆听到。这种持续发出无法传达出去的声音的鲸鱼,据说被发现了存在迹象,但谁都没有亲眼见过。

"听说因为它的频率与其他伙伴的不同,所以它遇不到伙伴。即便有一群鲸鱼就在它的身边,即便它们处于能够互相碰触的位置,它们也会因为没有注意到而与这头特殊的鲸鱼擦身而过。"

明明有很多伙伴,却无法传达出任何声音,也无法接收任何声音。这该多么孤独啊。

"此时它身处某片海,一边等待着无法传来的声音,一边吟唱着,想要传达出自己的声音。"

那个寒假之后,母亲经常以惩罚的名义,把我关在客用洗手间里。我被关的时间不断变长,最终,不仅是吃饭,就连普通生活我也被强行锁在那里。我抱膝坐在盖着盖子的坐便器旁,只是等待着他们为我开门的瞬间。在墙壁的另一侧,存在着丰盈却无法触及的团圆时光。当我因为寂寞而狂躁不安、开始大哭大闹的时候,他们会粗暴地打开门殴打我,之后被关的时间也会被延长。

我记得，不知何时，我放弃了抵抗，只是呆呆地仰望着透过小窗户射入的月光，并且与在同一片月光下的某人开始悄悄地对话。肯定不是只有我一个人感到寂寞。只要想到自己的声音可以传达给某人，我的内心就能得到些许的救赎。那个时候的我，发出的就是52赫兹的声音。

"嗯……嗯。"

听到他的声音后，我安下心来。少年按着那只塞有耳机的耳朵大哭起来。此时，他发出呻吟声，像是从咬紧的牙齿缝隙里挤出的一般。我轻轻地抚摸着全身颤抖着的少年的后背。

"大声地哭吧，没关系，这里只有我。"

我一遍又一遍地抚摸着他那瘦削的后背。他的齿间发出"咔嚓咔嚓"的声音，身体不停地颤抖。即便如此，他依然忍耐着不发出声音。

"我一直在想你应该叫什么名字。因为'虫'这个名字叫不出口。不过，现在我想到了。在你告诉我你的真实姓名前，我就叫你'52'，可以吗？我听到了你那传达不出去的52赫兹的声音。无论何时，我都想听到你的声音，所以你就用你独特的语言尽情讲述吧，我会全部接收过来。"

少年惊诧地望着我。他那被月光照亮的眼睛如此澄澈，还闪着泪光。我对着那恰如秀美湖泊的眼睛微笑着。

"曾经我也发出过52赫兹的声音。这个声音长期没有传达给别人，不过终于有一个人接收到了我的声音。"

然而，不知道为什么，那时的我不认为那个人是我的灵魂伴侣。我也没有留意到那是命中注定的邂逅。当我留意到时，他已经远去，一切都太迟了。

"你应该也有许多伙伴。在世界的某个地方,有一大群伙伴正等待着你。嗯,肯定存在这样一群人。我会把你带到那群人的身边,就像我曾经被带去那样。"

我已经听不到那个听到我的声音就会来救我的人的声音了。如果我还能听到他的声音,如果我还能倾注全力接收他的声音,我也不会落到现在这个下场吧。

我想为这个孩子做些什么,目的就是想给听漏的声音赎罪吧。无论如何我也想拂去那难以消散的罪恶感。不过,也没关系,即便是为了替代他,即便我的想法不单纯,现在我也想帮助这个孩子,如果这样的我能做到的话……

52仰望着天空。然后,他缓缓地张开嘴。他的哭泣声融入夜空,比刚出生的婴儿的声音更加缥缈,更加柔弱。

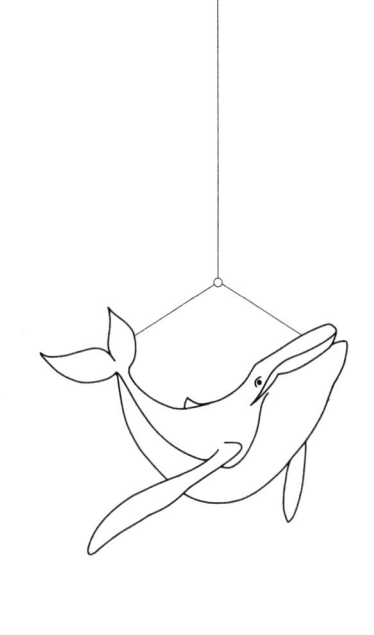

52赫兹的鲸鱼们

3 — 门扉另一侧的世界。

五年前，二十一岁的我起早贪黑地照顾继父。继父在我高三的时候患了肌萎缩侧索硬化——ALS——这种难治之症。由于运动神经细胞坏死，他的肌肉渐渐不能活动。这个病症首先在继父的下半身发作。最初，他出现了穿不了拖鞋、走路跟跟跄跄、无法上楼梯的症状，然后住进了医院，直到半年后才查明了病名。当我们知道这是一个不可能完全治愈的疑难杂症时，他不仅下半身，就连喉咙也出现了症状，整个语调已经变得很奇怪。

　　继父是当地一家小运输公司的社长，公司里有数名职工和数台大型卡车。可能是因为继父待人态度不错，顾客很多，公司顺利运营着。从世人的角度来看，我家属于富裕家庭。

　　可是，继父病倒之后，状况一夕改变。当职工们知道他因为不治之症而最终会长期卧床不起后，他们就像慌忙逃出沉船的老鼠似的，一个接一个地辞职了。继父外在的待人接物不错，不过深究他的内在，就会发现他是一个粗暴、专横的社长，所以没有一个人同情他。公司里没有人了，卡车就无法启动。事业无法顺利进展，顾客也就果断地换到了其他公司。

工作量骤减后，慌张的继父不顾母亲的阻拦，拖着迟钝的身体开起卡车，结果发生了单方事故。卡车报废了，继父的右脚也被截肢了。这件事发生在我高中毕业仪式的前一天。

高中毕业后，我决定作为工厂事务员入职一家点心公司。这家公司的位置稍微远离东京市中心。不过它是全国知名的公司，硬件水平极其优越，员工可以以非常低廉的租金住到单身宿舍。当我被录用的时候，就连一向对我漠不关心的母亲也说"这不是很好嘛"。

然而，我最终没有在这家公司上班。因为医生告诉母亲，继父此后不得不长期卧床不起，所以母亲就让我负责照顾继父。她说："你知道之前父亲有多么照顾你，就是因为有你父亲在，所以我们才能摆脱之前贫寒的母女家庭状况。你能高中毕业，也都是沾了你父亲的光。为了真树，我会想方设法维持父亲的公司，而你就负责照顾父亲。"

于是，我就开始了每天照顾继父的日子。

ALS这种不治之症，虽然导致病人身体不便，但头脑还是很清醒的。继父失去了右脚，行动慢慢变得不便，对此他也是自暴自弃，于是他对我更加苛刻。当他口渴、后背痒或是感到虫子进到房间里时，不管昼夜他都会疾呼我，我要是跑慢了，他会怒骂我为"懒货"。在母亲的命令下，我给他准备了榆木长手杖，所以每当有什么差池，他就会拿这个手杖殴打我。

继承继父事业的母亲似乎总是很忙，不过这也说明事业进展得很顺利。她没有撒手不管家庭，真树也考入了私立中学。继父说想要电动轮椅和电动床，她立马就置备了。继父对此深表感谢，甚至流下了眼泪。他说："像你这样的好妻子，哪里都找不到。"母亲一边擦拭着继父的眼泪，一边像女神似的温柔地微笑着说："家人之间就是要互相扶持啊。"我清理着吸痰器，同时目不转睛地盯着他们。

我就像这样生活了三年。其间，继父的吞咽机能慢慢衰退，我必须帮助他进食，另外他的排泄功能也有了障碍，这方面也需要我照顾他。我的任务变得越来越重。更甚的是，不好伺候的继父厌恶他人的介入，也不想要任何的居家护理服务。

我如同抱着一块重量与日俱增的岩石，如果没有别人的帮助，我就会崩溃。主治医生和护士多次为我劝告继父，但继父十分顽固，根本不听。母亲也像继父那样，并不想听别人的劝告，最终，仍旧是我一个人承担起了照顾继父的重任。他明明是那样的状态，却每天用口齿不清的语调谩骂我，还用无力的手抡起手杖。每一天我都像被拖进了没有出口的洞穴的深处。不过，还存在着一丝光芒。好像是一时兴起，母亲突然对我很温柔。

"你真是帮了我大忙，太感谢了。"

她拉着我的手，像是慰劳我似的抚摸着我。有时她也会只给我一个人买甜蛋糕。"这都是因为有贵瑚，多亏了贵瑚"，母亲的言辞和温煦，麻痹了我的头脑。时隔多年才再次被母亲依赖啊，我想要像过去那样与母亲互相扶持着生活下去。这只有在继父生病后，才得以实现。如此看来，这些日子也不算很差。

我用手揉着因睡眠不足而惺忪的眼睛，同时给继父换护理短裤。母亲为了让真树过上与继父健康时相同的生活，连一个水壶都不让换。至于真树，明明是自己的亲生父亲病倒了，他却丝毫没有感到不便。或许是在溺爱中长大的吧，也或许是本来的秉性吧，他完全没有一点担心的样子。我在洗继父的脏衣服时，真树皱着眉头说："可千万不要跟我的东西一起洗啊。"我对此的不满，被母亲的那句温柔的话彻底溶解了。

就在那个时候，继父因为误咽性肺炎被紧急送入医院。主治医生的脸始终僵硬着，他淡淡地对母亲和我做了说明："病人的咽食机能显著衰退，也出现了呼吸困难症状，今后必须使用人工呼吸机了。而且必须尽快进行气管切割手术。此外，令人忧虑的是，他还出现了痴呆症状，这种症状容易与 ALS 并发……你丈夫的病情算是进展得比较慢，不过遗憾的是，出现痴呆症状后他的病情急速恶化。"

母亲那放在膝盖上的手不停颤抖着，很明显医生的话让她大为震惊。之前我曾注意到继父的状态变得奇怪，也多次提醒过母亲，但是她不相信我的话。她嗤笑道："一个还没到六十岁的人，怎么可能痴呆呢？"

总之，此时的我必须振作起来。当我想要握紧母亲的手时，我的脸"啪"地响了一声。

"都怪你没有好好照顾父亲！"

母亲站起来，朝我的脸上扇了一耳光。我惊愕地抬起头，她又扇了一耳光。

"你是故意要让你父亲生病吧！你这么殷勤地照顾他，我就觉得有问题。你这个恶魔！"

精神错乱的母亲，一边打着我一边哭闹着。"明明之后一切会慢慢好转，为什么会突然遭遇这样的不幸？肯定都是因为这个家伙。这个恶魔一直都在阻碍我的幸福。我明明对你那么好，你却不知感恩！"医生和护士按住母亲，齐声说道："您的女儿已经很努力了！病情的恶化不是她的错,您应该明白的啊。请不要责备她,大家要一起克服困难。"

"骗人的,全是骗人的。肯定都怪这个家伙。如果不是我丈夫,而是这个家伙生病就好了。这个家伙死了才好!……"

母亲像孩子一般抽泣着,并且指着我叫喊着。看到母亲那因为憎恨而变得通红的眼睛,我明白了"绝望"这个词的意义。我之前到底是靠相信什么才生存下来的呢?我已经支撑不下去了,我已手足无措。啊,怎么样都行吧,就是死也行。

我摇摇晃晃地走出医院,精神恍惚地走在大街上。我这个穿着母亲的旧衣服、留着垂髻、因睡眠不足而肌肤干巴巴的素颜女人,即便走路跟跟跄跄的,大家也只会移开视线,不跟我打招呼。所以,我觉得自己可能已经去世了,只有灵魂在四处游荡。如果真是这样,那我就太幸运了,因为我已经从死亡时的悲苦与疼痛中解脱出来。明明没有什么好快乐的,我却笑出了声。我一边"咯咯"地笑着一边向前走着,这时我感觉有人在叫我的名字"贵瑚"。我茫然地环视周围,和一位男性对视。随后,他身旁的女性大声说道:

"哎呀,你,是贵瑚吧?!你怎么啦?"

一边叫着一边抱紧我的这个人,是我高中三年的同班友人美晴。毕业以来,我还从来没有和她见过面。

"我们之间没有任何联系,我也不知道你在哪里干着什么,我真的很担心你。你到底怎么啦?"

美晴的妆容很漂亮,她的身上还散发着香味。她的身后有一群我不认识的人,都露出了惊讶的神情,其中还有女性。她们都是一副可爱精致的打扮,就像生活在异次元一般闪闪发光。我不禁低下头望望自己,看到自己的衣服下摆有一大片污渍，我真想立刻消失。

"你之前都在哪里啊？"

"我在自己的家啊。"

"骗人。我给你家打电话了，阿姨说你离家出走了。"

我的心脏已停止跳动。居然还有这样的事。不过，一切都无所谓了。

"那么，我走了。拜拜，美晴。"

"稍等一下，你要到哪儿去啊？"

我正想从美晴的胳膊里逃脱时，她立即抓住我的手。

"不知道，呃……反正是轻松的地方。"

我觉得自己颇为感慨地说出了一句巧妙的话语。对啊，我要去能变得轻松的地方。

"……这样啊。你没有什么计划啊，那么我们一起去喝酒吧！"

说完，美晴把我拉到她的身边，并对她的那些不知所措的同行者说：

"就像大家所看到的，我与长期行踪不明的朋友戏剧性地再会了，抱歉，我要先走了。对了，我现在要和她去喝酒，有人要陪伴我们吗？我们一起去吧。"

当时还是正午时刻，但美晴就像强拉硬拽似的，把我带到了二十四小时营业的居酒屋。没有力气抵抗的我，被强制要求坐在她的身边。片刻间，一大杯啤酒放在了我的眼前。

"好啦，我们为再次相逢干杯！"

虽说是白天，但店里挤满了人，很是热闹。我战战兢兢的，感觉自己很不合时宜。美晴强迫我拿起啤酒杯，与她自己的酒杯碰出声。美晴"咕咚咕咚"地喝了啤酒，呼出一口气后，手指着坐在我们面前的那位男士。虽然只有一个人，但总算是有人跟着我们来了。

"贵瑚，我给你介绍。这位是冈田安吾先生。我公司里的前辈。"

他那和善的圆脸上戴着一副圆眼镜，肌肤上还留存着粉刺痕迹，他下颏的胡须如同草坪似的。面包超人变为成年男性，大致就是这种感觉吧。他抚摸着自己剪短的头发，笑了起来。

"大家初次见面，请互相关照。大伙都称他为'豆沙先生'[1]。对了，贵瑚儿被称为'黄豆粉'吧？总感觉豆沙和黄豆粉很般配啊。"

就这样，我和豆沙先生相遇了。

另外，我生来第一次晕晕乎乎地喝着啤酒，同时听着美晴高中毕业后的事。美晴说她从短期大学毕业后，就在补习学校里担任会计。

"刚才那些人是行政方面的工作人员以及讲课老师。因为是公休日，大家一起出去玩。"

豆沙先生教小学生算数。他那安闲的举止以及柔和的措辞，确实很适合从事与孩子相关的工作。最重要的是，他非常和蔼可亲。豆沙先生完全没有谈及我那稍显肮脏的衣着和我一个人摇摇晃晃在外行走的事。他只是与美晴一起给我讲述补习学校里开心的事。我就像望着电视机一样，看着他俩的欢笑。我感觉自己似乎身处于异世界。

"啊，黄豆粉女士，这家店的价格巨便宜，味道却相当可口。来，张嘴，啊——"

---

[1] 日语中"安"与"豆沙"同音。——译者注

豆沙先生注意到我只是在默默地看，于是用勺子挖了一勺浇有中华卤汁的、正冒着热气的茶碗蒸蛋羹，送到我的嘴边。之前我当然没有让人给我喂过饭，所以这让我很困惑。他见状，说"真的很好吃哦"。他这个人有些自来熟，与人的距离感也很奇怪。然而，不可思议的是，我并不讨厌他那无忧无虑的笑容，于是勺子送入了我的口中。芝麻油裹着稍带咸味的卤汁与鸡蛋，在嘴里柔柔地溶解。我咽下那黏稠食物的瞬间，豆沙先生笑得露出了牙齿，并说道："对吧，很好吃吧。"我准备对着他的笑靥点点头做出回应的刹那，已热泪盈眶。

送入我口中的这一勺温暖的食物附着在我的喉咙里，散发着热量。我是如此痛苦，以至于不能呼吸。此前我都吃的是什么啊？我到底是怎么活下来的啊？

"太烫了？对不起对不起，接下来我让它凉一下。"

我的眼泪簌簌地流下来，豆沙先生露出平静安宁的神色，笑了笑。之后，他又喂了我一勺。

"嗯，请吃吧。张嘴，啊——是吧，很好吃吧。"

"豆沙先生，你就像是在给贵瑚投喂饲料似的。"

美晴一言不发地盯着边哭泣边张开嘴的我，以及给我喂食茶碗蒸蛋羹的豆沙先生，然后亲切地这么说。

我的泪水停止后，我们换了一家店。这次是一家有着安静包间的店，在这里美晴催促着我告诉她，这三年我都在干些什么。我慢慢地讲述着照顾患有绝症的继父的事，听我说完，美晴那由于醉酒而微微变红的脸庞越发血脉偾张。

"啊？你每天都要照顾你继父啊？为了这个事，你甚至没有参加成人仪式……"

高中时期，我也稍微向美晴提及过自己家里的事。不过，大致也就是"父母只溺爱弟弟，对我漠不关心"这个程度的事。那时美晴笑着说"再婚家庭就是这样的"。美晴也是再婚家庭的孩子，所以我们在一起的时候就觉得很投缘。我们曾相互说，学费以外的钱，我们要自己挣。于是，两人拼命寻找待遇好的兼职，比拼似的工作着。

我上下打量了一下美晴。她有着一头护理得非常秀美的长发，还有湿润的嘴唇。她那软心糖豆似的指甲熠熠闪光。我们的家庭环境明明相同，我和她究竟是在何处产生了这么大的差距呢？不，肯定是一开始我们就有很大的不同。此时，我紧紧地握着我那因为护理病人而剪秃了指甲的手。

"那么，除了照顾病人，你还做了其他什么事呢？"

美晴的询问让我回过神来。

"呃……其他的事？啊，是指家务事吧。我给家人洗衣服、做饭。家务事都是由我负责的。不过，偶尔我会午睡，一旦被发现了，就会被怒骂，哈哈。而且，半夜里我还不得不多次起床，所以只能穿着衣服睡觉，也睡不好。为了防止继父长褥疮，必须不停地改变他的卧姿，除此之外的话，就是要换尿布……"

我边回忆着边这样说，此时美晴目不转睛地盯着我的脸。可能是因为我的表情极其僵硬，她歪着头，用十分认真的语调说："那个，你是在自我反省吗？"

"自我反省，什么意思啊？"

"我自始至终注意到你的说话方式很怪。原来的你更加毒舌，能够酣畅淋漓地说个痛快，你不会这么欲言又止。感觉你像变了个人似的。"

"到底发生了什么啊？"美晴厉声说道。我觉得她那盛怒的面容与我如此遥远，或许，美晴熟知的那个我，正位于远方吧。

"你已经很努力了。"

豆沙先生淡然地说了一句，刚才他默不作声地听着我和美晴的交谈。

"我之前听说照顾病人是非常辛苦的。更何况要一个人承担照顾绝症病人的重担，这里面的艰辛超乎我们的想象。是吧，牧冈女士？"

豆沙先生朝着我垂下眉毛微微一笑。

"黄豆粉小姐真是拼尽了全力啊。你一个人做着别人都替代不了的工作，一定很辛苦吧。"

豆沙先生一笑，他的眼睛就会眯得像绳子那么细。我带着不可思议的感觉，凝视着他那如同悬浮在夜空的新月般的眼睛。明明第一次和他相遇，不知道为什么，他就像老早就认识我似的，说出了我想听到的话。

"一直努力，是一件很了不起的事。不过，我觉得大概也快趋于极限了吧。"

"可是，我不得不做这些事。因为是在继父的资助下，我这个与他没有血缘关系的、母亲的拖油瓶才得以高中毕业。他对我有恩。"

所以，我不能不照顾他。我将母亲说过很多遍，以及我对自己说过很多遍的话说出口后，豆沙先生立马质问我："你是因为恩情而去寻死吗？"

"死"这个字猝不及防地出现，让我一时失语。豆沙先生像说给小孩子听似的，不慌不忙地对我说："刚才黄豆粉小姐是不是要去寻死呢？事态应该已经超出你的极限了吧。如果这种情谊逼得你要去寻死，那么它就不应该被称为'恩情'，而应该被叫作'诅咒'。"我没有想到他竟然留意到了我准备去寻短见，此时我只能盯着他的脸庞。

"一旦身陷诅咒，你就只能被腐蚀下去了。所以我们还是想想逃脱的方法吧。"

"逃脱？"

我这样嘟囔后，美晴大声喊道："对啊！"同时她抓紧我的肩膀。

"贵瑚，你曾经不是说过吗，高中毕业后，你就要开始新的人生了。你呢，依然没能踏入那样的崭新人生啊。"

我感觉那已经是很久远的记忆了。不过，我曾经确实抱有过这样的希望。虽然我一直无法靠近我所期望的家庭的温馨，但我相信我肯定能得到某种东西。我的人生或许在高中毕业仪式的前一天，就永远停下了脚步吧。

"黄豆粉小姐，请迈向崭新的人生吧！"

豆沙先生说。我的耳朵深处感受到一种意气风发般的声音。这是从哪里来的声音呢？对了，是我的心脏激昂出的声响。此后，我的人生能顺利进展下去吗？我凝视着他们两人的笑靥。

那一天我留宿在了美晴独自生活的公寓里。当我躺在美晴为我准备的被褥里时，一瞬间，我就像失去知觉似的坠入睡眠中。美晴之后对我说，那时我就像死去一样纹丝不动，这让她感到不安。当我从不会被别人干扰的深度睡眠里醒来的时候，太阳早已高悬中天。

"对……对不起！"

我从床上跳起身，正在准备早餐的美晴笑着说："你还可以再睡一会儿啊。"

"不过，你要上班吧。"

"今天是周日，一般都休息。我给你说过，昨天和今天连休，所以大家才出去玩。你似乎不记得了吧。啊，现在有食欲吗？早饭已经做好了。"

我们在两人用的餐桌旁相对而坐，然后开始吃早餐。美晴为我准备了烤面包、鸡蛋、西红柿汤和鳄梨沙拉，她却说："都是些现成的东西，抱歉。"

"非常好吃。美晴过去明明不擅长做饭，现在居然这么厉害。"

"都是因为一个人生活长了。"

美晴高中毕业后就离开了家。我记得她得到了奖学金，她还计划边打工边上短期大学。我环视了一圈她的单人间，发觉里面充满了生活气息，而且也收拾得很整洁，墙壁上还装饰着许多照片。照片里，美晴在很多人之中一笑嫣然。我想她必定度过了很充实的三年时光，此时我不禁感受到一种想要哭出来的冲动。我喝着热乎乎的汤，强忍着不哭出来。即便再怎么羡慕，我也做不了什么啊。

"说起来，豆沙先生联系过我。他说，有些话想对你说，之后他会过来。"

美晴说完，我回忆起昨晚一直陪伴着我们的那个人。

当时交谈中途，我向豆沙先生点头致谢："非常感谢。"我说，他是美晴的朋友，却能为我考虑这么多，真是很感激。我觉得，他能一直陪伴我们到这个时候，他们两个肯定在交往吧。不过，美晴却笑着说：

"不，不，不是那样的。他只是我公司里的前辈。说实话，我们是那种不怎么经常说话的关系。所以，豆沙先生说要跟我们一起喝酒的时候，我是相当目瞪口呆的。对啊，你为什么要跟着来呢？"

仅仅这最后一句是朝着豆沙先生说的。豆沙先生不紧不慢地喝着高杯酒，在我和美晴的注视下，说起"猫爪"的事。

"连一向冷静的牧冈小姐都出现了情绪波动，还问谁愿意跟着来。既然你这么问了，我就觉得事态挺严重的。这么紧急的时刻，不是连猫爪都想借来用吗[1]？所以，我大概可以成为猫爪。而且，比起跟许多人去看电影，我更想白天喝酒，所以跟你们来正合我意。"

豆沙先生像是开玩笑似的这样说，美晴倒吸一口凉气，并深深地低下头。

"豆沙先生应该是喜欢美晴的吧。"

如果不是这个原因，他的行为就说不通。我一边咬着烤面包一边这样说，美晴却用很确定的语气回复我："我想不是。大概是因为他这个人太过体贴、善良了吧。"听说他所承担的课程，在补习生中有很高的人气。有些孩子已经升学还来豆沙先生的课上学习；有些长期不愿去学校上学的孩子，只想来上豆沙先生的课。讲到这些事，美晴不禁犯难地笑了笑。

"我当时就想，可能是因为他不批评那些学生吧，或者仅仅是因为他一直笑呵呵的，很友善，所以学生才愿意亲近他吧。但事实并不是那样的。昨天，最先注意到贵瑚的就是豆沙先生。"

---

[1] 在日语中，"连猫爪都想借来用"是一句惯用语，意为忙得不可开交。——译者注

美晴回忆说，当时豆沙先生出人意料地小声说了句"那个女孩好奇怪啊"，于是美晴无意间望了一眼，结果发现我在那里。这样说来，在被美晴留意到之前，我确实和一位男士对视过。那就是豆沙先生吧。

"那之后，豆沙先生不是一直跟着我们嘛。说实话，那时的我非常恐慌。我真的看见你的身后有一个死神，他正全力挥舞着镰刀。我很清楚如果不尽快阻止他，你很快就死了。但是那时我根本就不知道应该做什么。所以，当豆沙先生轻快地跟来的时候，我真是舒了一口气。我想，如果最初发现贵瑚的人能跟来，那肯定没什么问题了。我觉得那个人一定能怜悯他人的痛苦和悲哀。"

是豆沙先生发现了我，帮助了我。世界上真的存在这种对第一次遇到的女性，就能给予无偿的关怀的人吗？我并不会轻易相信，但如果真的存在，我就会觉得很美好。这个世间如果真的存在那样宛如神灵的人，那就太好了。

吃完早餐，稍过了一会儿，豆沙先生就来了。他草草做了问候后，就将许多的手册、文件和书籍摊在我的面前。

"我想着你能不能得到某些援助，所以做了一些调查。"

我瞟了一眼桌上堆积如山的资料，立马觉察到它们全是关于 ALS 的东西。

"我还有很多东西不了解，不过我自以为大致搞清楚了状况。你们有使用过居家护理服务或福利机构护理服务吗？就从昨天我所听到的有限信息来看，你的父亲目前不得不需要二十四小时的看护服务。这样的话，有一种老人之家可以接受这样的 ALS 患者。因为有护士随时陪伴左右，家人也能安心……"

我拿起最靠近我的那本书，上面写着《护理家中病人的生活技巧》，腰封上用红色的字印着"不需要费尽努力。只需要与家人度过笑容常在的每一天"。

"黄豆粉小姐的状况肯定可以得到改善。"

听到豆沙先生的声音后，我抬起头。他用爽朗的声音说："没问题的，没问题的。"我不知道他到底出于什么目的，于是我问："为什么呢？为什么你要为我做到这个地步呢？"

他应该不仅仅是因为体贴而为我做到这个地步，肯定有什么其他目的。美晴也像寻求这答案一般盯着他。在我们的注视下，他犯难地挠了挠脸颊，说：

"因为你很可爱。"

"咦？"美晴如同突然发疯似的大喊道。豆沙先生望着我，略带羞涩地说："是啊，因为黄豆粉小姐很可爱，所以我动了邪念。"

"呃，啊？我可不想听你开玩笑。"

"不，我真这么想的。如果不是为了可爱的女孩子，我是不会做这些事的。"

豆沙先生"扑哧"一声笑着鼓起脸颊说。这是在嘲弄我吗？他应该很清楚，现在的我是多么悲惨啊，而且昨天和他们相遇的时候，我的背后还有死神出没。这样的一个女性怎么会可爱呢？当我准备张嘴说话的时候，豆沙先生将食指伸到我的面前。

"不过，我也不想利用你的不幸乘虚而入。我不是这么下流无耻的人。嗯，我希望尽可能和你保持友好的关系，这大概就是我的真实目的吧。"

他放下自己的手指,"咯咯咯"地笑起来。他的笑容与面包超人的相似。那个超人就是一个没有私欲的、神一般的存在,为了他人的幸福,他总是义无反顾地行动着。啊,对啊。豆沙先生就是这样的人啊。我就像拼好了谜底的碎片一样,完全想通了。于是,我如同成为河马的孩子似的,坦率地说了一声"谢谢"。

"贵瑚属于豆沙先生喜欢的那种类型啊。"

美晴笑盈盈地说。豆沙先生却平静地回答道:"我也是个男人哦。"

"在下个月连休之前,牧冈小姐也能帮忙做些准备工作,所以尽管放心。"

"啊,好像给我强加了一些现实的差事啊。"

美晴与豆沙先生一起笑出了声。在这样暖心的氛围中,我也不禁微微一笑。

之后,豆沙先生详细询问了我的情况以及我继父的状态,我都如实做了回答。即便是未曾向任何人讲述的事,在豆沙先生冷静的询问下,我也毫无抵抗地做了说明。在一旁听着我们交谈的美晴,时而悲痛地叹一口气,不过随后又为我们泡了咖啡。

"肯定可以减轻黄豆粉小姐的负担。如果利用福利机构护理服务,你一周可以休息两天,而且其他日子也能确保有自己可以自由支配的时间。"

豆沙先生一边交互地看着许多手册和记录了我的谈话的纸张,一边这样说。

"到目前为止,你的境况太糟糕了,之后状况肯定可以得到改善。不过,你有什么想法呢?你就想这样一直照顾你的继父吗?"

对于豆沙先生的提问，我的大脑一片空白。他向我投来严肃的眼神。

"我要说一些残酷的话。我们也不知道黄豆粉小姐的继父还能活几年。也许半年后就去世了，也许是十年后。在这不确定的时间段里，你打算把你的人生都献给你的继父吗？你要一直照顾到他去世吗？"

这是一个我不想直面的事实。不过，从别人的嘴里这么决然地说出来，确实让我后背发凉。在继父去世之前，我可能一直无法过上自己的生活。

"你的父母只是在消耗你的人生而已，他们并没有想要改善你的生活。不仅如此，他们甚至想要你奉献更多。你正是因为感受到了这一点，所以昨天才被逼迫着寻短见。情况只是在不断恶化，你无法得到救赎。所以，你应该离开你的继父……离开你的家人。"

离开……我的家人？我也只有这条路可走了。母亲向我啐出"这个家伙死了才好"这句话的时候，我感觉那无法依凭的柱子已经轰然倒塌。一切都已无法复原。

"自己的人生应该为自己谋幸福。冒昧地说说我的浅见，我觉得你应该离开那个家庭，好好地自立自强。而且，你可以从自己的收入中拿出一部分寄给家人，以这样的方式报恩。如果有财力，还可以把你的继父送入配有护士的老人之家。你只不过是用另一种方式报恩而已，这样你不是也能稍微心安一些吗？"

豆沙先生的三言两语，让我的视界像是烟消云散一般立即变得开阔起来。我感觉幽暗的世界一点点恢复了光明。我甚至觉得是豆沙先生将我引向了光之源。

几天之后，我和豆沙先生一起回到了我父母家。母亲当时在家，"你去哪儿了？"她一看到我就放低声音这样说。

"这几天出现了一大堆入住福利机构的手册和电话，你到底在乱搞些什么啊？我绝不会同意那样的事。"

母亲或许并不在意逃离医院的我这几天到底在干什么吧。我僵在那里，她那夹杂着难以抑制的愤怒的声音，直穿我的后背。"初次见面，请多多关照。"豆沙先生低头致意。

"我是贵瑚小姐的朋友冈田。我是来解救她的。"

"啊？"母亲皱起眉头。

"你谁啊你？你说来解救她，到底什么意思啊？她放弃了照顾我丈夫的本职工作，突然玩消失。感到困扰的应该是我吧……"

"她不会再照顾病人了。"

豆沙先生稍微比我高一些。他中等身材，体型并不高大，所以只要我仰起头，就能看到站在他对面的母亲。母亲要是伸出手，就能抓住我吧。我下意识地抓紧了豆沙先生的衣服下摆。

"是我跟行政机构和医院谈了谈接收你丈夫的事。医生和护士们跟我都很亲近。"

豆沙先生和我连日来东奔西走商讨我继父今后的事。继父所在医院的医生们发现我不见后，比我的母亲还要担忧我，他们和护理支援人员一起耐心地问了我相关情况。

"这里是能够入住的机构以及目前能够利用的居家护理服务等的资料。之后，你喜欢怎么做就怎么做吧。"

豆沙先生将装有资料的纸袋递给我母亲，她立即粗鲁地扔掉了它。

纸张在玄关处散落得到处都是。母亲像是失控了一般，厉声大嚷道：

"你在胡说些什么啊？只要贵瑚像之前那样照顾病人就可以了。你究竟有何居心？贵瑚，请让他回去吧。"

"我说了我是来解救她的。我来就是为了把她从这个家带走。"

"是吧？"豆沙先生回过头来对我说，"黄豆粉小姐，请收拾好行李，直接扔车上就好。"

我控制着不禁剧烈颤抖的身体。我觉得在母亲面前，我们正做着无法无天的事。做这样的事，是不会被饶恕的。站在豆沙先生对面的母亲，似乎眼看就要过来打我了。我是不是又要被她拖拽着关进洗手间呢？

正当我打算对豆沙先生说"对不起，请停手吧"时，忽然，母亲大喊道：

"贵瑚是我的女儿啊，你随随便便就想带她走吗？"

我的……女儿？我再次望向母亲，身体的颤抖顿时停止。豆沙先生微微笑道：

"你之前不是说'这个家伙死了才好'？"

母亲倒吸一口冷气，望着豆沙先生。

"你之前明明说，这个家伙得病死了才好。你既然这么说了，就不要再称她是你女儿了。"

豆沙先生第一次发出了焦躁不安的嗓音。

"她现在身心俱疲，医生都建议她去接受心脏内科的治疗。把她逼到这一步，你可真是位好母亲啊！"

"这和你……你没关系。贵瑚，那不过是我惊慌时的气话。你确实帮了我很多,你继父肯定也是这么想的。另外……"

"大妈,请闭上你那叽叽喳喳的嘴!"

豆沙先生抛出这样的话后,我不由得瞠目结舌。

"你要还认你是她的母亲,就让她获得自由吧。"

正当母亲的脸上布满怒色的时候,只听到洪亮的一声"这不挺好吗"。

"妈妈,这不挺好吗?姐姐想怎么样就让她怎么样吧。"

从里面不慌不忙走来的,正是真树。他的手上拿着游戏机,嘴角露出冷笑。

"让爸爸进入某个护理机构,这个想法不是挺好吗?我是百分之百赞成。"

他那与继父极其相似的脸庞笑了笑,这样说道。"家里总是一股屎臭味,爸爸像野兽一样吼叫着,我觉得太丢脸,都不敢叫朋友来家里玩了。姐姐现在是个引人注目的美人啦。就让他们两个离开这里,不挺好吗?"

母亲"噔噔噔"地跑到真树的身边,抓住他的肩膀。

"真树,你到底在说些什么啊?!你父亲可是非常疼爱你啊,所以我们应该让他长寿啊。"

"别说了,你这样硬逼我,烦不烦啊!"

真树嫌她太烦人,直接甩掉了她的手。我一边心不在焉地听着游戏机里的欢快背景音乐,一边回忆着自己小时候珍视的一册绘本。

一只钟爱彩虹的熊宝宝,痴迷地瞭望着挂在天际的美丽彩虹。看到这个情形的狐狸宝宝对熊宝宝撒谎说:"只要挥舞玻璃小瓶,就能把彩虹的碎片锁进瓶子里。"此后，熊宝宝就四处寻找彩虹，当它最终找到彩虹后，它就拼命挥动瓶子，并盖上盖子，这样它就把彩虹的碎片装了进去。"这不是什么都没有装进去吗？"森林里的小伙伴们都觉得熊宝宝很傻，但只有它坚信里面装有彩虹的碎片，还小心翼翼地守护着瓶子。由于狐狸宝宝使坏，瓶子碎了，森林里的小伙伴们和狐狸宝宝都在嘲笑愚蠢的熊宝宝。但是，熊宝宝却在瓶子的底部发现了一块彩虹的碎片。它抓起这宛如小粒糖果般的、迷人的彩虹碎片，幸福地露出了微笑。

我想我的瓶子里最终什么都没有装入，连一小粒的东西都没有。

"豆沙先生，我去把行李拿过来。"

这样说完，我就向我自己的房间走去。说是自己的房间，其实就是长期以来在继父床边的地板上，铺着被褥睡觉而已，所以我对这个房间没有任何亲密感。另外，我所拥有的东西只有衣服和银行存折。我回想着美晴的房间，同时环视着自己的这个令人败兴的房间。为了让继父活下去，我不断地扼杀着自己身上的某种东西。我的情况肯定属于虽生犹死吧。我茫然若失地伫立在那里，忽然想到豆沙先生和母亲还在玄关处。我摇摇头，随意地将衣服塞进纸袋里。之后，我取出了藏在桌子抽屉深处的存折。三年前，为了应对新生活，我存了一笔钱，虽然数额不大，却可以成为目前的生活费。此时，我不禁追忆起自己曾一点一点地存打工工资，然后看到余额就幻想美好新生活的日子。今后，我能让那样的幻想成真吗？

我急匆匆地返回玄关处，看到只有豆沙先生站在那里，却不见母亲和真树的身影。

"你母亲说，你爱怎么样就怎么样吧，说完就出去了。而你弟弟回他自己的房间了。"

我一边把纸袋交给豆沙先生，一边向屋子里望了一眼。我和弟弟有着一半的血缘关系，我见证了他的出生、成长。虽然我称他为弟弟，但我们之间的关系比较淡漠，即便如此，我也有我对他的爱。我也曾憎恶地看着他被无条件地溺爱着，可我还是觉得有他真好。因为他能在母亲和继父的呵护下幸福生活，母亲也能幸福地露出笑容。而我却无法让母亲露出笑容。

"走吧，牧冈小姐和她的朋友在等着我们了。"

他们安排我住进美晴短期大学时期的朋友的公寓里。听说之前和美晴的朋友住在一起的室友搬出去了，所以正好在找新的室友。现在，美晴应该正打扫着我将入住的那个房间吧。

豆沙先生把我的行李放进了借来的车里，然后我坐进副驾驶的位置。当汽车启动将要离开的时候，我的泪水如决堤般喷涌而出。一种既非悲哀又非恐怖的感情漫溢出来，让我呜咽不止。我用双手掩着脸庞，此刻，豆沙先生轻抚着我的头。

"你感到痛苦也算理所当然。现在，黄豆粉小姐已经完结了人生的第一段。不过呢，他们只是你之前人生里登场的人物，并不会给你造成新的创伤。"

就这样终结了人生的一段吗？就这样终结合适吗？突然我想要呕吐，不过我拼命忍着不要吐。喉咙深处一个热块几度翻涌上来，豆沙先生发现了我的异常，他将车停在路边。我从车上飞奔下去，蹲在那里准备呕吐。然而，呕吐的感觉虽然多次涌来，但从我的嘴角只滴滴答答地流下了一些唾液。我发出了"呕呕"的反胃声，这时豆沙先生走到我的身边，抚摸着我的后背。

"有什么想说的，就全部说出来吧。都说出来就好了。"

他那温柔的手所带来的暖意以及他那柔和的声音，让我心中的某种东西"啪"的一声瞬间断裂。

"妈……妈妈……"

"什么？"

"我真的很爱妈妈。非常非常爱她，所以我总是……总是渴求她的爱。"

我喉咙里的块状物喷涌而出。已经无法抑制，我像小孩子一样不断重复："我太爱妈妈了，她就是我的全部。"

母亲过去是一个情绪起伏很剧烈的人。她闹脾气怒骂我之后，会边痛哭边抱紧我。再婚之前，她一直有着不得不一个人抱着我生活下去的不安感。一天之内，她的情绪会出现好几次波澜。她毫无缘由地怒吼、殴打我的情况也是不计其数。不过，她也会给予我等量的爱。她会搂紧我，反复对我说："刚才妈妈做得不对""妈妈很爱你"。她还说："都是因为有贵瑚在我身边，所以我才能坚强地活下去。你可能会对我的所作所为感到惊讶，不过拜托了，请一直留在我的身边。"

沁心的气味，柔软的温煦，以及滴到我脸颊上的热泪，让我原谅了她的所有行为。"好的。"我这样说后，母亲开心地笑起来，并亲吻着我那因为她的泪水而变湿的脸颊。

之后，她与继父相遇并结了婚，她的情绪也变得更加平稳。我永远无法满足她的那个部分，继父可以让她得到满足。所以母亲深深地爱着继父也是理所当然的事。但是，我也不认为她疏远我，是因为我无法满足她。

无论她怎么虐待我,我都还是希望她能再次抱紧我,希望她能搂紧我,对我说"妈妈最爱你了"。这样我就可以忘记一切让我讨厌的事。只需要一个吻,做不到的事也能做到。因此,请对我说"妈妈最爱黄瑚了"吧。我就是这样边祈求,边活下来的。

可是,母亲却不想看到我。对她而言,我已经成了多余的存在。我了解这一点,却不愿承认。正因为这样,我才会总是感到孤单。我一直感到孤单,一直渴望被爱。

"我希望被妈妈爱。我到底该怎么做才能让她再次爱我呢?"

那时,在洗手间的小窗的另一侧,流转过这样的思绪。这样的思绪,不会传达给任何人,不会被任何人听到。

"把你想说的全部说出来。所有的我都会听,我都能听到。"

豆沙先生抱紧了我。这与母亲抱我时的感觉不同,但确实有一团温暖包裹着我。"没关系,所有的我都会听。黄豆粉小姐的思绪无法传给母亲,却传给了我。"

我那长期没有去处的思绪,第一次传达给了别人。我既感到愉悦,也感到哀愁。所以我对豆沙先生说:"如果说人生还有新的阶段,那么我希望在人生的新阶段里,我的思绪可以传达给我想要传达的人,我渴望能理解我的想法的人能够顺利理解我的想法。"

豆沙先生温柔地说:"肯定可以的。"

"在人生的第二阶段,黄豆粉小姐一定能遇到自己的灵魂伴侣。你肯定能遇到一个能对你倾注爱意的灵魂伴侣。黄豆粉小姐会因此变得幸福的。"

这样的人真的存在吗？不可能有吧？

"现在你感到悲观，也是没办法的事。不过，别灰心，肯定有的。在遇到他之前，先由我来守护你吧。"

豆沙先生的手不停地抚摸我的背。每次被抚摸，我的内心都会变得温暖。至今有谁对我说过那样的话呢，又有谁真正把我解救出来呢？我发觉我只靠着这段被他称为开启"新的人生"的记忆，就能活下去，其他的一概不需要。

52赫兹的鲸鱼们

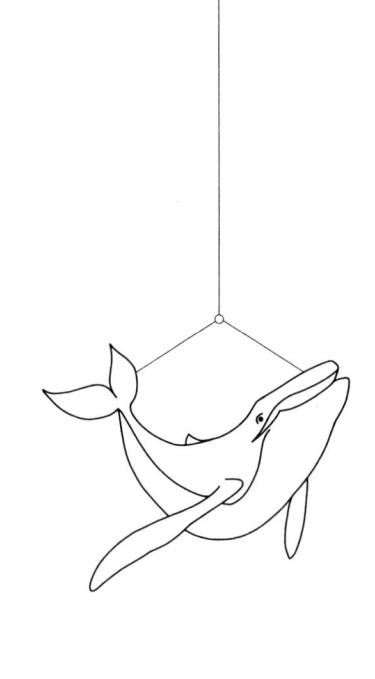

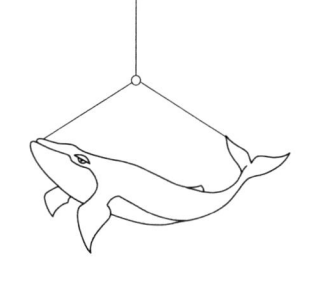

4 — 再会与忏悔 ○

清晨，我被一阵"叮叮当当"的声音吵醒，我来来回回地环视周围，想要确认 52 的位置。

"早上好！"

我这样喊了一声后，他吓了一跳。随后，他注意到我就睡在他身旁时，立马慌慌张张地不断低头致歉，这让我不禁笑了起来。之后，52 仿佛一个断了绳子的人偶一般，在檐廊上"咚"地坠入梦乡，再怎么叫也叫不醒。没办法，我裹着家里的毛巾被，和他一起睡在了檐廊上。

"你不冷吗？"

多亏这个孩子在我的身边，他的体温让我能毫无寒意地酣然熟睡。52 点了好几次头，所以我就认为他不觉得冷。

"我准备做早饭了，等一会儿我们一起吃吧。你先把脸洗洗。"

我叫了一声"52"，他吃了一惊，然后怪异地歪着脑袋点点头，并向洗手间跑去。我依旧裹在毛巾被里，听着他的脚步声。不久，为了做早饭，我也起了床。

"哎，想和你谈谈接下来的事。"

饭后，我给自己冲了咖啡，给 52 拿出了苹果汁，然后开口说道。

"我不介意你一直待在这里,不过你还是未成年人,如果对你放任不管也是个问题。所以,目前重要的是我们能交流到什么程度。"

昨晚,52稍微出声恸哭了。不过,此时似乎还很难让他开口说话。现在的他依然像往常一样紧闭嘴唇。

"总之,我先预备了这些东西。"

我将笔记本和圆珠笔放在了52的面前。

"如果有什么能对我说的话,我希望你可以写在这里。好吗?"

我打开笔记本后这样问道。52拿起圆珠笔点点头。

"呃,首先,你不能说话是因为生病了吗?"

52摇摇头,写道:"我不知道"。虽然拙劣,但他一笔一画、扎扎实实地写出了这些文字,我不由得感到诧异。随后,他继续写道:"这让我很痛苦。"

"让你痛苦,指的是想要说话的时候,就会感到苦闷吗?"

他模棱两可地点点头,似乎连他自己都不知道具体是什么情况。看来里面大有玄机,姑且把这件事搁置在一边。

"接下来你打算怎么办呢?我尊重你的个人意见。"

这样问后,他立即写下:"我不想回去。"

"这样啊。"

不想回去啊。这样的话,怎么做才好呢?如果把他带到警察那里说明情况,或许他就可以不用回家了吧。那么之后呢,送他进入福利机构?我这样思忖着,52又写了些什么,并轻轻地递给了我。

"请不要让我孤身一人。"

52盯着我。他的眼神里混杂着各种感情,这种眼神与我曾经的眼神重合。他也许在想：这个人真的可以帮助我吗？她应该不会放弃我吧。充满期待，又惊恐万分。

如果我把他带到警察那里，或者让他进入福利机构，他是不会孤身一人的，应该会有人陪在他的身边，不过这个孩子真的会觉得"自己不是孤身一人"吗？他真的可以觉得自己不是孤身一人，并感到满足吗？

"……我不会让你孤身一人的。"

我努力摆出一副祥和的表情，想要尽可能地向他表达善意。

肯定不对，这个孩子并不祈求那样的救助。我抚摸着他的头，希望让他更加安心。他的表情确实变得柔和了一些。

"那么，因为我对你还不是很了解，所以接下来我要问几个令你不开心的问题了。是谁对你施加了暴力，是谁称呼你为'虫'？"

52的脸立即变僵，他那拿着圆珠笔的手握得更紧了。我一边望着他，一边问：

"是你妈妈吗？"

即便他没有发声，即便他没有动笔，仅仅看看他的表情我就明白答案了。我轻轻呼出一口气，继续说："那么下一个问题。你外公对你怎么样？"

听说品城先生不疼爱自己的外孙，还到处发牢骚。不过，他真的会默不作声地看着自己的女儿对自己的外孙施以暴力吗？52"唰唰"地用笔写道："他不见我"，随后还添了一句："因为我是虫子。"

"……这样啊。你外公和你妈妈是站在同一边的人啊。"

我的内心变得越发郁闷。继父打我的时候，母亲连看都不看我一眼。盯着她那因拒绝理我而转过去的后背，我觉得与遭到毒打相比，她的冷漠更让我痛苦。

不过,难道没有其他人留意到这个孩子目前身陷如此的窘境吗?比如,他的班主任。连我都对这个孩子的瘦削身体和略显肮脏的衣着感到了违和。其他正派的大人如果每天都见到他,应该能觉察到异常啊。

"你有在上学吗?"

"和妈妈一起生活后就没有去上学了。"

啊,我差点叫出声。这到底是怎么回事啊?不过,他说和妈妈一起生活后?莫非之前他没有和琴美住在一起?这样问他后,他点点头。

"那么你什么时候开始和你妈妈住在一起呢?"

"末长奶奶去世之后。"他这样写后,咬紧嘴唇。

吉屋饭馆在这一带还蛮有人气的。过了午高峰我才来到店前,结果遇到外面仍旧有数人等待的盛况。在外面等了约十分钟后,我走过去探头看了看,手脚麻利的女性店员们异口同声地说道:"欢迎光临!"琴美也在其中。她和前几日一样系着粗斜纹布围裙,勤快地劳作着。

"您一个人吗?请坐到窗边的位置上。"弯着腰的店员对我说,"今天接待的顾客快超过七十人了。"窗边的位置正好是上次我和村中坐的那个位置。我打开菜单,等着店员来问我,这时,琴美端来了冰水。

"您决定好要点什么了吗?"

"请给我来一份鸡肉天妇罗套餐。琴美女士……"

琴美露出惊愕的表情看着我,随后问我:"啊,之前您和村中君一起来过,是吧?"

"是的。你还记得啊。"

"嗯，隐约还记得。您有什么事吗？"

她带着疑问望着我。"之后能稍微占用一点你的时间吗？"我说，"只要一点点时间就可以。"

"嗯。那么您离开的时候请叫我一声。"

琴美并没有显出觉得奇怪的样子。她一会儿拿订单，一会儿端菜。她在跟其他的店员和顾客交谈的时候，脸上还洋溢着微笑，看到她这个样子，我就想这个人真是52的母亲吗？明明自己的孩子昨晚不见了，她为什么还能心平气和地工作呢？来之前我就想，她要是四处寻找自己的儿子，或是显露出惊恐不安的表情，那么事情还有希望……

之前我问52的年龄，他说自己十三岁。是个初一学生，仍然算是个孩子。他晚上要在外面忍受夜间的露水，难道琴美就不担心吗？

不久，鸡肉天妇罗套餐被端了过来，此时我也不可能有食欲。我请其他的店员给我拿来饭盒，我想把鸡肉天妇罗套餐作为礼物送给等在家中的52。我好歹将米饭、味噌汤和腌菜塞入胃中，然后付了账。

琴美立即跟着我走到了店外，我思索着要怎么和她搭话。她刚才工作时露出一副泰然自若的表情，我因为感到惊愕才禁不住说了那些话。正当我想着该怎么办才好时，琴美突然"咯咯咯"地笑起来。

"那个，我没有和他交往。"

"咦？"我发出这样的声音后，琴美害羞地说："村中君和我，什么关系都没有。你不用担心。他肯定夸张地说了我很多事吧？不过，我们什么关系都没有，你不必担心。他过去曾爱慕过我，但仅此而已，我们没有交往过。"

我完全不明白她在讲些什么，仿佛她说的不是日语似的。此时，她皱了皱眉头,噘了噘嘴说:"村中君,这可不行啊,怎么能让自己的女友感到不安呢?"于是,我终于觉察到琴美误会了。

"那个,需要我联系村中君斥责他吗?我就说,不要让自己的女友感到不安。但是,我不知道他的电话号码,你可以告诉我吗?"

"呃,那个,请稍等一下。我不是村中的女友。我其实是想聊一下你儿子的事。"

我慌慌张张地这样说后,情感从琴美的脸上剥落下来。她面无表情,鼻唇沟变深。

"呃,请允许我和你的儿子保持友好的关系。"

"我没有儿子啊。"

琴美用低沉的声音抛出这些话,与刚才相比好像完全变了个人似的。

"呃,不过……"

"我真的没有儿子。你是不是找错人了?"

"村中说过你有儿子。"

莫非真的弄错了?琴美微微咋舌道:"那个家伙在撒谎。"

"罢了,那么我家里的那位是谁的孩子呢?"

我穷追不舍地质问她之后,她如此迅速地随机应变,让我想到了我的母亲。过去那些微不足道的事闪现在我的脑海里,我在感到沉闷的同时,说道:"请允许我和他保持友好的关系。"琴美扬起一侧的眉毛。

"啊,莫非你说的是待在你家的那个家伙?"

"嗯,是的。所以我想和你聊聊你与那个孩子的事。"

"我没什么要说的。你要觉得麻烦,直接把他赶出去就可以了。感谢惠顾，欢迎下次光临。"

饭馆的拉门突然被拉开，客人走了出来。琴美对客人报以笑容，但是当客人离开后，她又对我露出了冷冰冰的表情。随后她提到了"野猫"。

"如果给野猫喂食，它就会赖着不走，给人带来麻烦，是吧？所以，你能不能不要随便投喂呢？你就是短暂地娇纵对方，这也是在施加一种暴力啊。你到底懂不懂啊？"

面对她这种极具挑衅性的说话方式，我猛然瞪大了眼睛，难道是我感到一丝丝后悔了？我不能说我没有感到一点点落寞。不过，事实绝不仅是如此。

"那个孩子逃到了我这里。身上沾满了番茄酱，胆战心惊的。你到底都做了些什么啊？"

我语气变得强硬，对于我的诘问，琴美冷不防地耸了耸肩。

"他擅自偷吃了我准备吃的比萨，所以要教训他一下。我觉得比起番茄酱，还是向他泼辣椒酱比较好。"

她露出一副百无聊赖的表情，可真是恐怖。她对自己做过的事毫无罪恶感。

"他可是你的亲生儿子，你怎么下得了手？"

我发现自己的声音变得粗暴。琴美立即眯起眼睛。"我反而要问你，你为什么一定要管这个事呢？"她这样问。"他是我生的，由我来照看，总之是我的孩子。我想对他做什么，完全看我的心情。我就是因为生了他，人生才变得这么乱七八糟。你把我说得像是加害者，其实我才是被害者。"

"啊？你是被害者？你是认真的吗？"

"嗯，当然是认真的。我经历了太多本不需要经历的辛劳，忍受了太多本不需要忍受的痛苦。我遭遇了这么多的艰辛，那个虫子般的家伙却无所事事地活着。而你竟让我好好珍惜他，这我怎么能做到呢？"

她歪着嘴唇，笑了笑。她还说，她不需要一个没有任何价值的、束缚她手脚的孩子。她觉得她不应该生下那个臭虫一样的孩子。如果是臭虫，直接用平底锅拍死也就一了百了了。所以，那个孩子比臭虫更恶劣。

我真想捂着耳朵不听她这些话，她的话让我不禁哭出来。那个孩子之前一直被迫听这些如同诅咒般的话语吧。

"好啦……够了！"

我没能听到最后，恐怕是我太懦弱了吧。可是，如果我继续听下去，我的心也会变得怪异吧。

"那个孩子决定让我照顾他了。你真的觉得这样可以吗？"

我郑重地质问她后，她厉声说道："你可真是死缠烂打啊！"随后她又说："你喜欢怎样就怎样吧，我真心不需要他了，你想怎样就怎样吧，你确实帮了我大忙，不过不可以把他还回来，他对我而言就是个大麻烦。"

我流出眼泪，琴美在我的眼里变得模糊不清。在我胸中膨胀起来的感情，不是悲哀，而是愤怒，如同暴风雨一般的愤怒。她怎么能掷出这种宛如利刃的话语呢？她难道不知道这把利刃会让人受伤、让人流血吗？

"那么，目前就请让我来照顾他吧。我姓三岛。我曾给你的父亲做过自我介绍,你问问他就能知道我的住址了。"

我忍着泪水,提到她的父亲后,琴美的眼珠不安地转动了一下,同时她说:"我绝对不会问他的。"

"是吗?好吧,再见。"

说完,我跳上自行车。我一边踏着脚踏板,一边想着52比我早看清了现实。之前离开家的时候,我说我去探探你妈妈的情况,他也一副怎么样都行的态度,脸上的表情显示他不抱任何希望。在这个孩子放弃之前,他到底都经历了些什么啊?

不过,我要是狠狠地朝琴美的脸上打一拳,叫她一声魔鬼就好了。但如果我那样做,我岂不和她是同一类人了?我火冒三丈,搞不明白她为什么要做那么残忍的事。我汗流浃背地骑着自行车,回到家的那一刻我用尽全身的力气呼出一口气。费力地踩自行车的脚踏板,估计明天肌肉肯定会酸痛吧。我边调整着呼吸,边停好自行车,就在这时,玄关处的拉门被打开了,52探出头窥视着。他提心吊胆地巡视着我的周围,感觉他的内心很是胆怯。这不是那种孩子迎接母亲的感觉。

"我回来了!看,这是给你的礼物。"

我将装有鸡肉天妇罗套餐的袋子打开,并递给他看。52放心地耷拉下肩膀呼出一口气。

就在我思索该把我和琴美交谈的哪些内容告诉52的时候,天已变黑。我们先后泡了澡,一起吃了晚餐。窗户敞开着,可以听到虫子的鸣叫声,我和52一起聆听着这样的声音。我一边听着,一边凝望着52那俊美的侧脸。这个孩子没有问我到底发生了什么。他肯定猜到了一切,所以才不愿问吧。那个人所挥舞的利刃到底有多锐利,我不用再特意告诉他了。

虽然我对琴美宣告说,我来照顾这个孩子,但之后到底该怎么做才好呢?我该如何应对这个孩子的一些想法呢?

52幕地站起身,然后拿来了笔记本和圆珠笔。他"哗哗哗"地写了些东西后,拿给我看。

"我们聊聊52赫兹的鲸鱼的事吧。"

"昨天不是聊过嘛。"

我这样说后,他再次动笔写了起来,然后将笔记本伸到我的面前。

"黄豆粉是怎么知道52赫兹的鲸鱼的?"

我的嘴角不禁绽开笑容。他匆匆写下的"黄豆粉"三个字,让我有些不好意思。

"那个MP3播放器是美音子小姐送我的。"

脱离父母的家庭后,我难以有效地控制自我。我那三年间麻痹的心灵似乎又要回到以前的状态似的,经常处于兴奋狂躁之中。有时我像机关枪一样喋喋不休,有时我的心头又袭来一阵令我崩溃的恐怖感,弄得我哭泣不止。美晴的朋友,也就是和我同住在一起的美音子小姐,从来没有对我表现过厌弃。不仅如此,感觉她是一个完全不会被我影响的人。大概她果断决定要和他人保持距离吧。当我准备谈起自己的事的时候,她会迅速退回到自己的房间里;当我半夜抽泣的时候,一罐冷藏啤酒会穿过门缝"叮叮当当"地滚过来。

美音子小姐坚持着这样的必须严守的准则:无论男女都绝对不能让其留宿;绝对不能在外留宿。虽然美音子小姐经常带各种类型的男孩子回来,但她绝对不会让他们留宿。另外,美音子小姐也没有在外留宿过。她总是一个人心满意足地躺在自己收拾整洁的床铺上睡觉。她肯定有她不得不这样做的理由吧。然而，那时的我，比现在的我更加重视自己的事。我觉得豆沙先生也就算了，但美晴的话，明明可以让她留宿啊。如果这样也不行，那应该允许我在外留宿啊。我对此极为不满。

最初的时候，我非常恐惧一个人待着。我觉得自己似乎可以听到继父痰液淤积的声音和他挥舞手杖的声响，我还万分忧虑母亲会打开门走过来殴打我。夜晚的时候，情况尤其糟糕，我只能开着灯，裹着被子，边颤抖边等待时间的流逝。喝了美音子小姐送的啤酒后，趁着醉意我能进入睡眠状态，但又会做噩梦。这时惊醒的我，心情极差，某些日子我甚至无法从床上起身。我望着天花板，虽说我进入了人生的第二阶段，但现实并非如此，我觉得我依然被封闭在那个客用洗手间里。我肯定永远都不可能从洗手间——父母那里逃脱。

即便是在这样的境况下，残酷的现实依旧毫不留情地向我袭来。因为没有找到工作单位，所以生活暂时难以为继。由于不安和紧张而将要呕吐的我去参加面试，果然还是落选了。厄运就这么反复着。每当我收到落选信息的时候，我的那种自我放弃的情绪就会不断膨胀——要让我进入社会工作确实太勉强了。存折里的余额也在不停耗损。虽然豆沙先生和美晴一直在鼓励我，但我不仅提不起精神，反而在不断沉沦。为了我，他们两个人假日不休息，东奔西走支援我的生活。豆沙先生为了帮我，甚至会使用自己的带薪假。如此善良的两个人，我还怎么能劳烦他们呢？我必须尽快步入社会，让他们两个安心，诸如这样的压力一直折磨着我。我努力在他们两个人面前保持阳光乐观，但当我回到家面对自己的时候，由于现实的反差，我不禁泪崩。离开老家时，从豆沙先生的话语中获得的幸福感，早已消散。

此后我过着在没人看见的地方呕吐的生活。某天晚上，房门像往日那样被悄悄地打开了，我估计又是啤酒，结果美音子小姐在地板上给我滑过来一个小的 MP3 播放器。

"你听听这个。"

"什么啊？"

"52 赫兹的鲸鱼的声音。"

然后，门被轻轻地关上了。我擦拭了眼泪，将耳机塞进耳朵里。按下播放键后，从水底传来的声音直达我的内心。

52 抬头望着我，他那天真无邪的脸庞似乎在问："晚上你睡不着吗？"

"过去，我很怕一个人待着，根本睡不着。有时我会偷偷摸摸地哭起来。可是，在我听到美音子小姐送给我的'52 赫兹的鲸鱼'的声音后，不可思议的是，我居然能睡着了，而且还没有做噩梦。当我问美音子小姐那究竟是什么的时候，沉默寡言的她只说了句：'如果你在意，就去查查吧。'于是我就去图书馆查了……结果可真是给我带来冲击。"

柔和的阳光射进图书馆，我在窗边眼看就要发声大哭起来。这不就是我吗？我的声音就是无法传达给任何人的 52 赫兹的鲸鱼的声音啊。

然而，我还是遇到了可以认真聆听我的声音的人。是豆沙先生将我解救到能够拥有朋友的世界里。我绝不能忘却我认为仅仅得到豆沙先生的救助就令我非常幸福的那段岁月；我绝不能忘却自己的声音传达出去的喜悦……

"之后呢，只要我听到鲸鱼的声音，心情就会平静下来，也能安然入睡了。"

心情获得平复的同时,我也找到了工作,是在给电子产品的部件进行焊接的工厂里担任职工。头天上班的晚上,美晴和豆沙先生请我吃了烤肉。美音子小姐对我说,为了表示庆贺想送我一件礼物。我对她说,我想要那个MP3播放器。美音子小姐笑着点头道:"如果那个二手的东西就能作为礼物,那也太给我省钱了。"

此后,我与美音子小姐一起生活了一年左右的时间,不过,我们的关系并没有加深。无论何时,她都不会做越界的行为,也不允许我做。之后,她解除与我的室友关系,说是要回老家。不过,我至今都不知道她的老家到底在哪里。我唯一知道的是,美音子小姐肯定也会在某些夜晚,一边听着52赫兹的鲸鱼的声音,一边进入梦境吧。我虽然不知道她目前在哪里做着什么,但我对她只有感谢。多亏她的善解人意,我才能再次找回我那业已失去的社会性,才能了解到一些无法替代的东西。我祝福她此时幸福地生活着。

"即便是现在,当我失眠或是寂寞得就要死去的时候,我也会聆听52赫兹的鲸鱼的声音。不过,与之前稍有不同,我现在考虑的不是我发出的声音,而是传向我的52赫兹的声音。"

52歪歪脑袋,我盈盈一笑。

"所以,我会仔细倾听你的声音的。啊,对了,早上你说的末长奶奶的事,能再给我具体地说一下吗?"

我想详细地问他一下,但他却没有拿起笔的意思。我又问了他一遍,还把笔和笔记本递给他,不过他的脸上到底还是露出了犹豫的神色。

"你不想说？这样的话事情就无法推进了。所以拜托了。"

我这样说后，52握着笔犹犹豫豫地写下了："是爸爸的奶奶。"

"是爸爸这一方的奶奶吧？是这位奶奶一直在照顾你吧？那你爸爸呢？"

"不知道。"

不知道自己的爸爸是谁，这到底是怎样的曲折故事呢？

"呃，也就是说，你虽然不知道自己的爸爸是谁，但是爸爸这一方的奶奶在照顾你？"

我这样问后，他写下了"千穗姑姑"，然后又添了一句"是爸爸的妹妹"。

"这样啊。如果是你爸爸的妹妹，那么她肯定还活着。之前你和你奶奶住在哪里呢？在这附近吗？"

"在马借。"

"哪里？"我不由得发出声音，"是这附近的地名吗？"他又急忙写下了"北九州"几个字。北九州？那是在福冈县吧。我这个人不识方向，完全搞不清北九州在哪里。

"我想见千穗姑姑。"

这样写后，他放下笔。不知为何，他无声无息地哭起来。仅仅看到他这个样子，我就能明白，对他而言，千穗姑姑是无法替代的存在。

如果能见到那个人，或许就可以弄清楚52之前的生活，以及琴美的事了吧。这样的话，事态也会发生改变吧。

"……我们去见见她怎么样？"

我小声说完，52抬起头。

"我们试着找找她。我也很想遇到一个能聊你的事的人。"

52擦掉眼泪，抓住我的手。我反过来握紧他那瘦削的手。

可是，虽说要去见面，但我目前掌握的信息太少了。第二天，我坐在檐廊上，仰望着天空，思考接下来该怎么办。

我在平板电脑上搜索了一下，虽然可以框定北九州小仓北区马借这个地名，但它的范围到底有多大呢，我却不怎么了解。52似乎也不知道更加详细的地址了。他说两年前他和奶奶住在那里。我们可以去找找，但也有可能他的姑姑已经搬家不在那里了。反正先去了那里再考虑这些事吧。如果现在开始收拾行李，那么傍晚应该就能到达。感觉目前也只能赶往那里，订好宾馆，然后不慌不忙地寻找了。

这样思忖着，玄关处的门铃响了。在庭院里玩泥土的52大吃一惊，立马向屋内飞奔而来。

"谁啊？"

看到52藏到屋子里后，我向玄关走去。莫非是琴美？这种想法在我的脑际一闪而过，不过我立即否定了，她不可能来。是快递，或是村中？

"您好，请问是哪一位啊？"

我朝着拉门的磨砂玻璃这样喊道，随后我听到一声"贵瑚"。

"你是贵瑚吧？"

咦？不会吧，骗人的吧？我赶忙拉开玄关的拉门。站在那里的正是美晴。

"为什么……"

"我肯定会来找你啊，小笨蛋。"

眼睛里噙着泪珠的美晴，敲了敲我的脸颊。"啪"的清脆声以及冲击感，让我明白这不是梦。之后，美晴不停地敲着我，还反复说"小笨蛋，小笨蛋"。

"咦？为什么……为什么你知道我住在这里啊？"

"我肯定会去你老家啊。虽然那个臭老太婆摆着一副极度厌恶的表情，但我就是跟她死缠烂打，她也就告诉我了。之前我也有些不安，她要是撒了谎该怎么办，不过太好了，我们还是相遇了。"

美晴竟然会去找我的母亲。另外，她居然真的来找我了，这我想都不敢想。我一时语塞，这个时候，美晴抱紧了我。她的力道让我惊愕不已。

"你为什么要这样做呢？我太担心你了，你有为我考虑过吗？"

简直难以置信，不过这样的温暖只能来自美晴。美晴放开我后，又抓住我的双肩。

"我一直忐忑不安，想着你是不是已经去世了。你悄悄地不辞而别，你知道给我带来多大的打击吗？"

被她抓紧的肩膀开始发痛。

"也许我多拜托你几次不要做这样的事，你才能让我安下心来吧。"

美晴的眼睛里簌簌地流下眼泪。令她落泪，这是第二次。两次都是我的过错。

"我没有要去寻短见。我只是想一个人在这里生活下去。"

"什么啊？你做这些，莫非是为了玩卖惨游戏？！"

美晴像是呼喊似的这样说，声音的强度让我颤抖。

"你要好好地向前看啊，拜托你了！"

"美……晴……"

忽然传来"咔嗒"一声,美晴将视线投向我的背后。随后,她擦擦眼泪,小声说道:"是谁啊?"我回过头来看,发觉52慢慢地走了过来。他拽着我的衣服下摆,并对着美晴摇摇头。他的脸色苍白,身体颤抖不止。难道他认为我在被训斥,所以赶来救我?

"这个孩子是谁?你这里的熟人?"

"呃……这个嘛。"

52不断地拉我的衣服下摆。"没关系的。"我笑着对他说。

"这位女士啊,是我的朋友。她大老远过来就是为了见我。"

52看看我,又看看美晴,然后轻轻地松开手。

"美晴,你先进来吧。我给你拿点冷饮。"

客厅里虽然没有装空调,但是檐廊一侧的窗户都敞开着,海风可以吹拂进来,所以只使用电风扇就足够凉快了。最先进入客厅的52,坐在了房内的一角。他定定地注视着跟在我身后的美晴。也许他是想监视我是否会被怒骂。美晴并没有留意到这一点,她环视了室内一圈,说:"嗯,里面竟出人意料地舒适啊。"

随后,她又说:"电子产品和家具都很齐全,大致令人满意。从外表上看,这是座破破烂烂的房子,所以刚才我在焦虑这里真的能好好生活吗。"

"这里已经很久没人住了,所以外表破破烂烂的。另外,也是受到海风的影响。之前我让业者简单修缮过内部。寝室里安装了空调。请你坐那边吧。"

我去厨房泡了冰咖啡,为52准备了苹果汁,然后我将它们放在托盘上回到了客厅。不过，我没有看到美晴，52指向盥洗室的方向，于是我直接向盥洗室走去。不知为何，美晴正在查看浴室。她无所顾忌地环视四周，嘴里还嘟囔着。

"整个上下水设备确实很老旧啊。但是，怀旧风格的瓷砖在可爱的范围内，所以可以原谅。"

"这一块我还没有整修。"

我手上还端着托盘，她直接从我身边走了过去。这一次，她瞟了瞟脱衣间旁边的洗手间。

"哦，这里也铺着同样的瓷砖，给人一种昭和时代的托盘的感觉。啊，不过还装有温水坐便器，很好很好，真棒！"

"来了立马就搜查房间，是想看看我有没有好好生活？"

我对她的行为感到惊诧，但她却转过头来看着我的脸，淡淡地说了一句："因为我要暂时居住在这里，所以必须提前检查一下。"

"咦？啊？但是，你的工作怎么办？"

"辞掉了。所以，在我把前因后果解释清楚之前，我就先和你住在一起了。啊，你这里有多余的被子吗？如果没有，我就去永旺超市买了。来这里的途中我看到了那家超市。那里各种东西都齐备，正合我意。"

她口若悬河地说着，并从我手中的托盘里拿起一杯咖啡，然后就站在那里"咕咚咕咚"地喝起来。喝了半杯后，她"啊"的一声呼出一口气。随后，她像是发表宣言似的说：

"我呢，决定跟你交往到底。我觉得如果不这样做，你就不可能一直好好地生活下去。"

"交往到底啊……你为什么要做到这个程度啊?"

美晴没有理由做到这一步。我边寻找着合适的词句,边这样询问后,美晴有些犯难地垂下了眉头,然后她小声笑道:"我想用我的方式赎罪。"

"赎罪?什么意思啊?"

"这个嘛,你也别太在意。总之,我们要暂时住在一起了。首先,你能给我解释一下这个孩子是怎么回事吗?"

顺着美晴指的方向,我回过头来,看到52正站在那里。我看看52那惊慌的神情,又看看美晴那难以置信的表情,稍微陷入沉思:该怎么办呢?

"哎,哎?稍等一下,稍等一下。我完全不理解这是怎么一回事啊,为什么啊?"

回到客厅后,我说这个孩子是我偶然结识的,现在需要我来照顾,所以住在了一起。听我这样说后,美晴带着一副困惑的表情凝视着52的脸庞。喝着苹果汁的52可能是无法忍受那样的眼神吧,敏捷地站起身,下到庭院里去了。随后,他坐在我开垦的家庭菜园的一角,开始默默地玩弄泥土。他用杯子将泥土盛入花盆。美晴盯着他的后背,旋即又将目光投向我。

"贵瑚过着怎样的生活呢?虽然我进行过各种设想,不过都朝消极的方向发展了,这可真把我吓到了。你现在为什么是这种状况呢?"

52虽然背对着我们,不过他应该在侧耳聆听,于是我对他说道:"哎,52。这位女士叫美晴。她是我关系非常要好的朋友。所以,你的事我能对她说说吗?她绝对不会伤害你的。"

片刻之后，52 突然转向我点点头。他对我的信赖让我很是感谢，随后我向美晴讲述了我与 52 的故事。因为 52 也在听，所以与琴美直接交谈的那个部分，我说起来吞吞吐吐的。虽然我的语气稍微柔和些，但本不必多言的事实又是无可动摇的。52 再次背对着我们，我不知道他此时会露出一副怎样的表情。

"这可麻烦了。"听我说完，美晴皱起眉头。"还是报警为好。"她这样说。

"如果那个名叫琴美的人宣称'自己的孩子被诱拐了'，那么对贵瑚就会很不利。你说这个孩子身上有伤疤，趁着伤疤还没痊愈，还是把他带到警察那里为好。有了虐待的证据，就可以逮捕他母亲了。这个孩子的话，可以送到福利机构去……"

忽然传来"啪"的一声，只见 52 面向这边，一动不动地站在那里。他本来是想添土，结果花盆碎成两半，杯中的土也散落一地。52 露出将要哭出来的表情，用力地摇着头。

"不用担心。"我对 52 笑了笑，然后转向美晴，"我不能那样做。我跟他约定好了，要把他带到能认真聆听他的声音的人那里去，不能交给警察就随便了结了。"

"可是……"美晴刚说到一半，我就阻止了她："我自己想那样做，我也必须那样做。"

美晴像是陷入沉思似的，一时缄默不语。"就五天。"随后她这样说，"如果就五天时间，我可以什么都不说。在这五天内决定这个孩子今后的去向。"

"咦？为什么是五天？"

我问她这个天数是怎么得出来的，她说："豆沙先生把贵珊解救出来，花了五天时间。从发现贵珊，到从那个家里将你解救出来，大概花了五天时间。所以，在这五天里，我什么都不说，还会全力协助。但如果超出了这个天数，那就要把他送到警察那里去。无谓地消耗时间，对贵珊和这个孩子都没有意义。"

美晴所说的，确实没错。仅仅待在家里，问题得不到任何解决。但即便这样，五天时间也太短了。

"嗯，我知道了。那么，我们先去北九州吧。"

说后，美晴露出一副摸不着头脑的神色。

"哪里？"

几个小时之后，我们来到了小仓站的站台上。

之前乘坐计程车到车站，然后又在电车上摇晃了几个小时，这样的奔波使得刚从东京赶来的美晴因久坐而腰痛。她不禁发出悲叹："我不再是小青年了，这真是太折腾人了，我已经受不了了。"

"不管怎么样，我们还是先找找今天入住的地方吧。"

天空已被橙色尽染。小仓站比我想象的要大，这附近有许多高耸的建筑。站在站台上，就能望到几家宾馆，所以似乎不存在住宿难的问题。

"美晴，稍微用你的手机搜索一下住宿的地方吧。"

"好的好的。说起来，你为什么要解约手机服务呢？之前打不通你的电话的时候，我真的以为你去世了。"

"这个事我之后再给你解释，你快搜搜住的地方。"

美晴坐在站台的长凳上，噘起嘴唇开始搜索。52此时正远眺着这座城市，我问他："这里的景象，你有印象吗？"他用手指了指稍远处的摩天轮。在夕阳的映照下，那里矗立着一座红色的摩天轮。

"你去过那里吗？"

这样问后，52点点头，露出落寞的神情。可能他和谁坐过那座摩天轮吧。

"那我们等一会儿也去看看？"

52摇摇头，然后迅速把身子转过去。

"订好住处了，从这里步行五分钟。我们快点过去吧，我的腰已经劳累到了极限。"美晴悲鸣似的说道。

小仓站的构造很奇怪，单轨铁道跃出站内后，就笔直地延伸下去。我们沿着铁道走着。对于这座已经发展起来的城市，美晴说："虽然第一次来，不过这里完全是一座大都会的气派啊。哎，52，你过去在这里住过吗？之后搬到那样的乡下，肯定感到不方便吧。"

在数小时的旅途中，美晴已经彻底习惯沉默不语的52。看起来她已经愉快地接受了这个事实，她身上的灵活、坚韧未曾发生改变啊。对我这个想要变得坚强，却无法顺利达成，总是苦苦挣扎的人而言，她一直都那么耀眼夺目。

宾馆就在车站附近，它出人意料地漂亮。我们订的是一个三人间，里面有两张床和一张沙发床，室内非常宽敞。美晴瘫倒在窗边的床上，叹了一口气："好累啊！"52孤零零地坐在沙发床上。

"马借啊。我们明天再去那里吧。"

我坐在另一张床上。不久，美晴猛然坐起身来，说："趁着还有一些体力,我们去买晚饭吧。这附近有很多店,我们去买点什么吧。总之,我很想喝了啤酒后无所事事地躺着!"

"确实已经没有到外面去吃饭的力气了。52,你怎么办?要一起去吗?"

52摇摇头,突然躺了下去。于是,我和美晴走出了房间。宾馆的周围有很多餐饮店,可供外带的菜品也非常丰富。我犹豫着要不要买近藤百货店里没有的、小仓当地的啤酒,这时美晴"咯咯咯"地笑起来。

"你干吗啊,为什么突然笑起来?"

"不,只是稍微安下心来。贵瑚,你还是蛮生龙活虎的。"

"就买这个吧。"美晴将小仓当地的啤酒装入篮子后继续说道:"贵瑚想着要帮助别人,我真的很开心。当时在医院的贵瑚,感觉马上就要死去了。"

"哈哈。"我浅浅地一笑。实际上,当时的我确实在逐步趋向死亡。

"哎,贵瑚,你为什么想要杀死新名先生呢?"

听到美晴这样问,我那搜寻着啤酒品牌的手指停了下来。"之前我不是解释过嘛。"我没有看美晴,这样说道。

"因为他背叛了我,所以我想杀死他。"

"呃,真正的理由不是这个吧……"

"必须要给52买果汁回去。"

我这样大声说着,脚步移向摆放果汁的货架。我拿了几瓶果汁,还顺手装了一些点心。美晴对此没有多说什么。

这天晚上,我们像是举行了一个小派对。眼前摆着吃不完的料理和点心,还有各种果汁,52的脸上泛起淡淡的喜色。美晴说了一句"庆祝再聚,干杯",就大口喝起啤酒来。我也比平日多喝了些啤酒,回过一点神来时,发现自己已经瘫倒在床上,之后就慢慢进入梦乡了。

第二天一大早,我们就起床离开了宾馆。我觉得一天之内应该不能完全解决问题,所以决定再住一晚,不过目前依然一片茫然。我想着尽可能避免浪费美晴定下的时间,但是因为看不清前行的道路,我越发焦虑起来。

"天气已经非常酷热了。我这宿醉的身体还要忍受毒辣的阳光。"

美晴仰视着天空。她因为昨夜的酒劲还残留着,所以没有力气化妆,只是素颜涂了防晒霜。我模仿着她,也抬起头望着天空。

与海边的小镇相比,感觉这里的阳光更加毒辣。被阳光直射的沥青也腾起热气来。美晴在手机上查着地图,说似乎可以走到。于是我们决定就这么走着去。

52默默地跟在我们的后面。看到了这街道,他也没有任何反应。我也不知道他是否走在他记忆中的那片区域。

"哎,52,你奶奶的姓氏是'末长',对吗?"

这样问后,他点点头。

"52和贵瑚可真像。"美晴回过头来看着52,小声自语道。

"是吗?"这样问美晴后,她说:"你们对事物不抱什么期望。其实,你们也想抱期望,但就是纯粹做不到吧。你们经常摆出一副陷入哀愁思绪的表情。"

我不由得摸摸自己的脸。看到我这样做,美晴微微一笑。

"他上次说的是千穗姑姑吧,要是她还在这里就好了。"

"……对啊。"

因为过于炎热，汗水不停流淌。途中，我们买了瓶装茶，边寻找着背阴处边走着。穿过驳杂的饮品屋街区后，我们似乎进入了52熟悉的地域，他走在了我们的前面。我们走过宽敞的道路，走过店铺林立的大道，之后52径直走入一条小巷。我们穿过挂着破烂招牌的情人旅馆旁的小道，通过一个只有一条长凳的小公园，最终，我们走到了一座陈旧的房子前。腐朽的门扉另一侧，茂密地生长着修长的杂草。虽然字迹已经模糊，但依然可以看出来木质的门牌上写着"末长"二字。

"是这里吗？"

这样问后，52点点头，然后踏着草走到玄关前。他按了几次门铃，但门铃似乎坏了，完全没有发出响声。没办法，站在52身旁的我只能敲门。

"打扰了，有人吗？"

没觉察到人的气息。看看近处的窗户，上面挂着褪色的窗帘，所以无法窥视屋内的状况。

"打扰了……"

这样喊了几声后，美晴说："好像没人住啊。"

"草上也没有踩踏的痕迹，应该是没人。"

我擦了擦汗，抬头望着这座房子。正当我想着这里到底发生了什么的时候，突然听到一声："小一，是你吗？"

转过头来看，只见一个驼背老奶奶一边说着"是小一吧"，一边走了过来。

"你真是长大了很多啊，为什么要来这里呢？"

"您是5……这个孩子的熟人吗？"

美晴这样问。老奶奶皱着眉头，怀疑地望着我们。

"你们是谁啊？"

"由于一些原因，我们带着这个孩子来找他的亲戚。所以……"

"哦，这样啊。那个女人到底还是抛弃了这个孩子啊！"

老奶奶不屑地说道，对于她声音的尖锐，我不禁大吃一惊。老奶奶拉起52的手，愤怒地说："真是个胡作非为的女人，所以我之前就说过应该把她扭送到警察那里去。"随后，她上下打量了一下52，和蔼地问：

"小一，你现在能说话了吗？你的千穗姑姑很担心你。她总是哭着说找不到你。"

"呃，那个，抱歉，可以把具体情况告诉我吗？"

我慌慌张张地跑到老奶奶的身边说。

"我呢，代替这个孩子的母亲照顾他。不过，我不知道整个事情的来龙去脉，所以这个孩子把我们领到了这里。"

老奶奶望了一眼52，他点点头表示我说得没错，然后她用尽全身的力气深深地呼出一口气，对我说了一句："请到我家来吧。"

接着她又说："就在附近。小一，你也跟着过来吧。你不是很喜欢我亲手做的梅子果汁吗？我拿给你喝。"

我和美晴互相看看后，点点头。或许事情会顺利进展下去吧。也许我们可以把52带到爱他的人们的身边吧。

可是，很快我们就醒悟到我们的想法太天真了。

"已经去世了？"

"司机打瞌睡撞了她，当场死亡。"

52的姑姑千穗女士在去年的交通事故中去世。此前的一年，千穗女士的母亲真纪子女士因为生病去世，之后千穗女士一个人住在那座房子里。

"小一的父亲——也就是千穗女士的哥哥，名叫'武彦'，是个不争气的男人。当时他把一个女高中生弄怀孕了，就把对方领回家，说是要结婚。这也就罢了，但之后他不工作，尽是跟其他女人鬼混。他父亲在世的时候，还会劝诫他，可惜他父亲之后去世了。大概从小一两岁的时候开始，武彦就不再回家了。有传言说，他痴迷一个中洲的女人，和人家同居。听到这个传言后，真纪子女士就和他媳妇一起去找他了，不过，听说她们两个被无情地撵了回来。到家的时候，她们由于被殴打、踢踹，脸都肿了。"

老奶奶——藤江女士露出一副痛苦的表情对我们说，琴美一边等待着在外面花天酒地的老公回家，一边在末长家抚养着儿子。当初，她和她的婆婆真纪子以及小姑子千穗的关系很好，她还在超市里做收银的临时工补贴家用。

我不禁想到，琴美最初可真是努力啊。她也并不是没有为丈夫和孩子拼命努力的时候啊。但是，这样的琴美在被丈夫背叛后、在遭受到残酷的暴力后，人一下子发生了巨大的改变。

"刚一辞掉临时工作，她就去陪酒了。因为有一张可爱的脸蛋，所以在那里她被各种宠爱。最终，那个女人就几乎不回家了。偶尔她会坐着其他男人开的车回来，还很了不起地说：'是来送钱的，这是抚养费。'真纪子女士和穗穗知道孩子没有过错，所以拼尽全力抚养他。我有时也会照顾他。"

藤江女士住在末长家附近的木质公寓里。可能是因为她的丈夫先离世了吧，狭窄的房间一角放着一个小佛龛。52 坐在佛龛的旁边，摆弄着装有梅子果汁的杯子。看到 52 这个样子，藤江女士眯起眼睛说：

"这个孩子啊，嘴巴迟钝，不怎么说话。真纪子女士很担心他，带他去了很多医院。三岁后，这个孩子终于可以叫'奶奶'了。大家都很开心。但唯独那个女人很生气，她说，为什么不会叫'妈妈'呢？这也不奇怪，她都不在家，孩子怎么叫她。那个气愤的女人，就将烟头使劲按在了小一的舌头上。"

"啊。"美晴小声地惨叫道。由于太过恐惧，我已无法做出任何反应，只能动动眼珠子看看 52，发现他将杯中的冰块倒入口中，然后在嘴里滚动着。

"在医院，真纪子女士撒了谎，她说把点着的香烟放在烟灰缸里，小一自己将它衔在了嘴里。我说，为什么要撒谎呢，直接将那个女人扭送给警察不就是了？真纪子女士哭着说，孩子的母亲要是成了罪犯，以后该怎么办呢？不过，从那以后，小一就再也不说话了。都怪那个女人，是她剥夺了小一宝贵的语言。"

可能是因为太激动了吧，她那深陷在皱纹里的眼睛，簌簌地流下眼泪。她拒绝了美晴递给她的手帕，而是用放在桌子上的纸巾擦拭了眼泪。

"那个女人真是做了无底线的事，之后她去了哪里，我也不知道。真纪子女士和穗穗两个人一直在抚养小一。前年，真纪子女士因为癌症去世了。步入社会工作的穗穗，虽然说一个人努力可以抚养小一，但那个女人还是冷不防地将小一带走了。我觉得她是想要真纪子女士留给小一的少量现金和儿童抚养津贴。穗穗对她说：'你不可能照顾好孩子，赶紧放开他走吧。'不过,对方带了男人,穗穗根本挡不住。"

从那以后,穗穗用尽各种方法寻找52的行踪,但中途她遭遇车祸去世了。

藤江女士从衣柜里取出一张照片给我们看。这是一张幸福的家人照片。上面有一个优雅的初老女性,一个二十岁左右的女性,以及张开嘴大笑的、比现在年幼的52。在红色的摩天轮前面,三个人相拥在一起,看上去关系非常亲密。这样的画面让我都不由得露出微笑。

"啊,这个。"

我发觉我见过这个摩天轮,于是看着藤江女士说。她回复说:"这个是ChaChaTown的摩天轮。"它似乎是商业设施的象征。

那时52之所以落寞地眺望着远方的摩天轮,是因为他回忆起那无法追回的幸福时光了吧。他露出孩子所特有的天真笑容,凝望着摩天轮,你很难想象这样的笑容来自现在的52。

"请看看照片的背面。"

听到藤江女士这样说,我将照片翻过来,看到上面用工整优美的平假名写着电话号码和"末长千穂""爱"几个字。

"穂穂向很多人散发了这张照片,还说如果发现了这个孩子请联系自己。我也不太了解具体情况,就对她说可以在网上寻求帮助。"

据说在去世的穂穂的包里,放着几张和52一起拍的照片。通过那工整认真的字迹,我想象着千穂女士这个人。她肯定边祈福边写下这些文字吧,希望它们能传达给已经不在自己身边的孩子。

"小一能平平安安地回来真是太好了,穂穂要是知道了该有多开心啊!"

藤江女士呜咽着，随后恸哭起来。52静静地坐在那里听着她的哭声。

在写下"我想见千穗姑姑"的时候，那个孩子颤抖着身体哭泣着。现在他要默默地接受千穗姑姑去世的事实。他那瘦削的身体里，竟积聚着我难以想象的悲伤。我不由得恐惧起来，他莫非会就此崩溃、死亡？

"……呃，这里写着'爱'，难道是这个孩子的名字？"我指着"末长千穗"旁边的"爱"字问道。

"嗯，'怜爱'的'爱'。"藤江女士擦了擦眼泪说，"真是讽刺啊。他的父母根本就没资格说'爱'啊。"

"蠢蛋。"美晴小声嘟囔着。他们就是那种典型的、认为孩子是自己的私有物的蠢蛋。琴美现在甚至不用这个名字称呼自己的儿子了，我真是气愤。最初她肯定是带着爱意起这个名字的吧。现在她却弃之不用了，真是个可悲可叹的人啊。

"抱歉，请问末长家的墓在哪里呢？至少该去祭拜一下。"

美晴问后，藤江女士摇摇头。

"之前一个自称是武彦的熟人的人过来，擅自把一切都处理了。听说是把她们合葬在某个寺庙的公共墓里。不过，我自作主张在自家的佛龛里祭祀真纪子女士和穗穗。这样我家那老头子身边也热闹些。"

藤江女士指着那个佛龛，于是我站起来走了过去。那里供奉着三个茶碗。佛龛里有一个牌位，牌位旁边挂着一个相框，里面装着刚才看到的那张照片。52来到我的身边，将相框拿起来，呆呆地注视着它。他那玻璃般的瞳孔，如实地映照着一切。

"藤江女士，刚才的那张照片可以送给我吗？"我这样问。

"当然可以。"她点点头。

我和藤江女士交换了联系方式,就与她道别。美晴说,万不得已的时候,希望藤江女士能提供琴美虐待孩子的证言。"没问题。"藤江女士点点头说道。

"我还清楚地记得小一被烫伤时送去的医院。我的头脑还很清晰,任何时候都能提供证言。"

藤江女士紧紧地搂着52,不断重复"对不起"。"对不起,本来应该是我把你领过来抚养,但我靠着抚恤金过日子,实在是无能为力,真的对不起。"52轻轻地抚摸着抱紧自己哭泣的藤江女士的后背。似乎在说,没关系的。

返回的路上,我们都一言不发。我们没有擦拭滴滴答答落下的汗珠,只是向宾馆走去。我用力拉着52的手向前走着。他抬起头望着我,似乎想要说些什么。我简洁地回复了一句:

"我只会叫你52。"

这个孩子之前不把自己的真名告诉我,应该是他难以接受这个名字。我也不会轻率地用这个名字称呼他。所以,现在我不使用这个名字。52露出稍显困惑的表情点点头。

"而且,现在我也不会松开你的手。"

我感觉只要我松开手,这个未曾流过一滴眼泪的孩子就会死去。

回到宾馆后,52将手伸向我。"怎么啦?"我问。他做着把耳机插进耳朵的动作,于是我将MP3播放器交给了他。52把耳机插进耳朵,然后躺在沙发床上,静静地凝视着从藤江女士那里得到的照片。

"要是能去拜祭一下墓就好了。"

美晴在洗手间里"哗啦哗啦"地用水清洗着满是汗渍的脸庞，这样小声说道。我却无法点头赞同。她们的死亡让人无法接受，就这样站在她们的墓碑前，应该说些什么呢？只是徒增绝望而已。

"贵瑚，接下来我们该怎么办呢？"

美晴压低声音问道，我摇摇头。之前我只想着要找到千穗女士。她竟然已去世之类的事，我没有想过。仅通过藤江女士的话来判断，那应该还活着的父亲是指望不上了。

"明天姑且返回大分县吧。之后的事，之后再想吧。"

无论如何，我都有些意志消沉。叹了一口气后，美晴将冰箱里剩下的罐装啤酒拿了出来。她拉开她那罐的拉环，我拉开了我的。"噗"地发出悦耳的声音后，泡沫溢了出来。

凉爽的液体带着少许的刺激通过喉咙，但是尝不到味道。即便这样，慢悠悠地喝了几口后，美晴小声说道："真是个好人啊。"随后，她看着我加了一句："我妈妈。"

她又说："我还是小孩的时候，我无法原谅她。她突然和一个我不认识的大叔一起生活，还若无其事地生了我妹妹。我曾觉得，她明明是母亲，应该承担母亲的职责，却太重视自己女人的那一面，太令人恶心了……不，或许我说得太直白了。不过，那个人虽然与我争吵，但还是好好地抚养了我。当然她也做了些让我厌恶的事，不过我没有经历过丧失自己的语言之类的悲惨事。"

美晴看看52。大概是耳机声音太大，大概是看照片太入迷，52似乎并没有留意她所说的。

"我觉得我真是受到了神灵的庇佑。除了妈妈外，我还遇到了许多好人，所以现在我才能笑着活下来。于是，我想我至少也要成为一个好人。为了能让这个孩子成人后笑着活下去，我想要成为一个好人。"

我盯着深情地这样说的美晴，应和道："是啊。"然后，我想我能成为一个部件让这个孩子变得幸福，那就好了。

"对贵瑚而言，豆沙先生是这样的'好人'吗？"

美晴的音色发生了改变，我望向她。

"贵瑚，你曾说新名先生是你命中注定的人，你的灵魂伴侣是他。那么，豆沙先生呢？他只是'好人'般的存在吗？"

"你就直说吧，你到底想说什么？"

盘腿坐在床上的美晴，舔了舔啤酒罐，下定决心似的看着我说：

"我了解到豆沙先生已经去世了。这个事，你知道吗？"

屋内的窗帘只打开了一半，所以有些微暗。我们坐在各自的床上，互相盯着对方。为了等待我的回复，美晴甚至没有移动自己的视线一毫米。此时，我才醒悟到她就是为了问这个事才来见我的。她是想要让我承认自己的罪行吧。"判罪"这个词蓦地在我的脑中掠过。犯了罪，就必须向某人忏悔，并接受制裁吧。

"……我知道。"

美晴也应该了解我知道这件事。她的瞳孔里没有任何惊愕的情绪。于是，我继续说。

"他的尸体是我发现的。"

感觉可以听到美晴倒吸一口凉气的声音。

他看上去就像在游泳。在赤红的浴缸里摇晃的脸庞如此安详，仿佛只要摇摇他，他就能睁开双眼似的。如果水是清澈的，那么肯定会认为他只是睡着了吧。然而，他已在赤色的海洋里殒命。

据说赤色是郁结着愤怒的颜色。如果豆沙先生是在愤怒中死去的，那么这只能是我的过错。

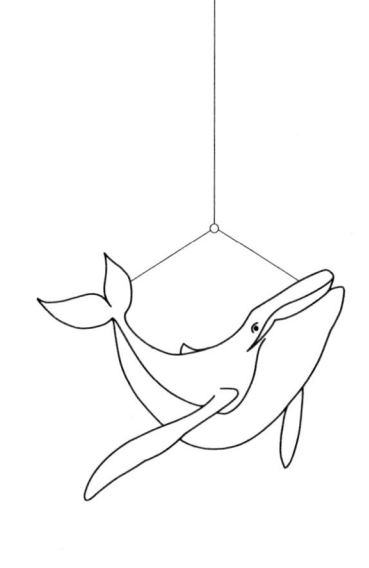

52赫兹的鲸鱼们

5
无法弥补的过错。

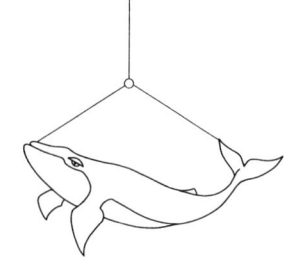

脱离父母家后，过了一个季度我才感觉自己的生活可以顺利运转了。此时，我已经习惯了和美音子小姐的关系，工厂里也有了几个同年龄段的朋友。以泪洗面的夜晚减少，值得开怀大笑的事情增多。记事本上被计划做的事填满，即便到了假日，也不得不对一些事做取舍。我的肌肤切实感受到"充实"这个词的重量。

　　不过，豆沙先生、美晴和我三个人的关系依然密切。他们两个人因为在补习学校工作，所以很多时候要工作到很晚，而我是傍晚下班，因此我们的时间很难合拍。我们换班的形式也不同，所以一个月能聚一次就很不错了。即便如此，我因上班而新买的手机经常会收到他们两个发来的短信，所以我觉得他们一直就在我的身边。另外，当我寂寞得无法忍受的时候，他们中的一个即便勉强也会抽时间来见我。

　　那是夏季结束的时候。由于暑期补习，豆沙先生一直处于忙碌的状态，所以我们也没怎么见面。这一次时隔两个月我们三个人又相聚了。

　　"当初根本就想象不到黄豆粉小姐竟会变得这么开朗。"

　　"这个孩子本来就是这样的。原来她非常毒舌，总是让班里的男生哑口无言。"

"等一下,那不都是你的所作所为吗?请不要捏造回忆。"

我们还是来到了最早去过的那家巨便宜的居酒屋。价格低廉,但菜品美味,我们自然总是光顾它。店内很是吵闹,难以听到对方的说话声,所以大家只能大声讲话,这一点正是我所喜爱的。

"说起来,你和美音子解除室友关系啦?"

"嗯,她说她要回老家。"

工厂里的朋友曾问我"接下来我和你做室友如何",我拒绝了。她是个很好的人,但对别人的束缚太强了。即便我在工作时,如果不陪她去食堂或洗手间,她就会不高兴。私人生活上也强迫别人和她一起,这让我很厌烦,我觉得别指望和她能过上美音子女士那样的安宁生活。于是,我决定一个人生活。

"我的存款大致能支撑一个人的生活,目前正在找便宜的公寓。"

"啊,贵瑚终于开始过真正的独立生活啦。"

美晴一边拿着大啤酒杯喝着酒,一边感慨万千地说。我笑了笑。

"我之前的一切都受到美音子小姐的照顾。自己能不能一个人好好地生活下去呢,说实话我自己都感到没底。"

想到最初令人厌烦的罐装啤酒不再被滚来时,我就感到空落落的。我必须努力不让自己感到焦虑。

"那么,你和豆沙先生住在一起怎么样?"美晴似有深意地笑了笑。

"啊?"我发出了愚钝的声音,"不应该是美晴吗,怎么会是豆沙先生呢?"

"我的话,优先选择匠君啊。"

美晴"呵呵呵"地笑出了声。几个月前,美晴和补习学校附近的美发店里的一个男子开始交往。听说美晴在回家的路上，被对方邀请成为美发模特，由此关系变密切了。匠君比我们小一岁，我曾与他吃过一次饭，他是一个有点马耳他狗感觉的、可爱的人。美晴一心迷恋他。

"我一直想让匠君留下来过夜，所以与贵瑚成为室友肯定非常非常不方便。"

"重色轻友啊。"

我哂笑给她看，实际上是为她的幸福感到开心。"请你和豆沙先生住在一起吧。"美晴再次对我说，"与我不同，豆沙先生会立即接受贵瑚的。是吧，豆沙先生？"

美晴是在问豆沙先生，我却抢先说："别说这些愚蠢的话。"

随后，我又说："你不能对豆沙先生这么任性，太给人家添麻烦了。"

豆沙先生笑了笑，喝了一口高杯酒。既没有说"没那回事"，也没有说"说得对啊"。

"或许吧。"美晴噘起嘴唇盯着豆沙先生。

豆沙先生承受着她的视线。"那么，你想说什么呢？"他不紧不慢地说，"和黄豆粉小姐生活在一起，酒上面的花销可是高得吓人，我可能会头疼。"

"啊，太过分了。我可不会那样酗酒！"

"不不，我不认为你不会这样做。我真是怀念当初你喝半杯啤酒，脸蛋就会变得通红的时候啊。如果是那时的黄豆粉小姐，我可以考虑一下一起生活的事。"

"太过分了。啊，服务员，追加一杯生啤！"

"在这个节骨眼上你又点酒！"

美晴插了一句，我做了一个不二家 Peko 酱的表情给她看。看到我的表情后，豆沙先生笑着说："太可爱了，太可爱了。"与之前一样，这又是一段愉快的时光，离别之前我们就期待着下一次的相聚。

吃完饭后，豆沙先生把我和美晴送到距离这里最近的车站。我的住所和美晴的比较近，我们肩并肩一起走了回去。我因为喝了不少酒，所以感觉有些沉不下心来，这时我向美晴说起工厂里一个有些怪的大叔的事。平时她都会笑着听我说，但这一次她的表情不怎么明快。她似乎在考虑其他的事。"你怎么啦？"我问。美晴露出一副严肃的表情盯着我。

"哎，豆沙先生和你到底怎么样呢？"

"怎么样呢？我只知道我们时隔两个月再次见面。"

"不是说这个。我是问你，你们没在交往吗？"

美晴依然用严肃认真的口吻问我，但我却"扑哧"一声笑了出来。豆沙先生和我，交往？

"美晴，你在说什么啊？你自己很幸福，所以也要把我们黏在一起？不过很遗憾，我和豆沙先生不是那样的关系。"

对我而言，豆沙先生是一个特别的存在。我尊敬他，如果发生什么事，我也会最先依赖他。如果问我喜欢他吗，我会说非常喜欢，甚至可以说我是爱他的。

可这样的爱并不是男女之间的爱恋。他不是一个会随意改变心意的、靠不住的人。说起来，我对他的感情近似于孩子对父母的钦慕。这样说可能有些夸张，我对他的感情甚至类似于对神的崇拜。

"我没有把豆沙先生看作恋爱对象。原本不是你说的，他这个人非常体贴吗？豆沙先生很体贴，所以帮助了我。而且也正是他体贴，所以他现在守护着正在自立的我，仅此而已。"

美晴带着一脸难以信服的表情说："真的只是这样吗？"

随后，她又说道："最初我也是觉得他只是体贴而已，不过想到他为了贵瑚忙前忙后的，我就只能认为你们有了恋爱关系。"

"因为豆沙先生是面包超人啦。"

最初他留给我的面包超人的印象，一次都没有崩坏过。他是一个温柔、坚强的人。

"另外，我也没觉得豆沙先生是用那种感觉的目光望着我。"

即便我喝醉了抱紧他，或者趁着酒劲亲吻他的脸颊，他也都是心平气和地笑笑。虽然他也会反过来抱我，不过他的手就像触摸什么柔软的东西似的，总是很温柔。如果他有恋爱方面的想法，那么他应该会做出不同的反应——比如手臂更有力之类的吧。我也没有男性的经验，这仅仅属于想象范畴。

"很明显，我们就是一男一女，美晴有这样的想法也能理解。不过，请不要在豆沙先生面前提这个事。如果豆沙先生介意，我们的关系就可能变得很别扭。"

"嗯，知道了。不过……打个比方，假设豆沙先生有女友了，你会怎么办呢？你会不会对他说，实际上你很喜欢他呢？"

"不会。不过，也许会感到遗憾，因为一直珍视我的人，有了更加值得珍视的人。"

这个想法仅仅一闪而过，我的内心深处就立马感到一阵寂寞。可是，如果现实真变成这样，我会尽全力祝福他的。

"哦，这样啊。看来贵瑚确实没有把豆沙先生当成恋爱对象啊。"

"我说了他不是那样的存在。"

美晴为什么就是搞不明白呢？我鼓起脸颊。对我而言，他太特别，所以用这样的庸俗眼光看待他，我觉得很讨厌。"知道了，知道了，"美晴苦笑了一下，"我不会再说这样的话了。"说完，她耸耸肩。

"你们啊，不是那样的关系。OK？"

"OK，OK。"

这个夏日阑珊的夜晚如此闷热，我似乎嗅到了焰火的味道。仰望天空，夜色中鲜明地呈现出百日红般的赤色。那里有几颗小星星闪烁着，可以说明天依然会是晴天吧。

趁着酒劲，我抓起美晴的手，像小孩子似的摆着胳膊向前走去。我用鼻子低声哼歌，美晴笑了，我也笑了。夏季里，天真烂漫的一天。

*

那个夏日之后过了两年，我遇到了新名主税。主税是我上班的那家公司的专务董事。他继承了家族企业，企业会长是他的爷爷，社长是他的父亲。大家都知道他是一个工作能力强、颇具才华的男士。

在工作人员超过两百人的公司里，主税就是一个年轻王子。据说他学生时代一直在打橄榄球，所以体格健硕。他的母亲年轻的时候，在选美比赛中进入过决赛。他的脸庞就像他的母亲那样俊美。他的性格豪爽仗义，他那令人愉悦的、爽朗的笑声正好体现了这一点。年龄比我大八岁。公司里一大半的女性都喜欢他吧。

他是个忙碌的人，总是在外面奔波着。因此，在工厂的一个角落里，只是做着焊接工作的我，是根本不会与他有接触的机会的。他对我而言，只是个我模糊知道其名字和面容的专务董事而已，我对他没有任何兴趣。本来我觉得我和主税的人生不会产生丝毫的交集。

而我和他能产生交集，完完全全是因为一场意外事故。

某天我在食堂里吃饭，同组的年轻男士们突然吵起来。之前他们总会半开玩笑地闹点小纠纷，而这一天大概是某一位的心情不好吧，他们发展到了互相怒吼的地步。恰巧坐在另一桌吃饭的主税介入到调停之中。但是他们越吵越激动，连主税都被卷入争执之中。最终一个人大喊着"走，我们到其他地方去，你个混蛋"，同时将折叠椅扔向主税。顿时传来某人的尖叫声，不过主税轻易地躲开了。那时我正站在主税的身后。从空中飞过来的折叠椅利落地砸在我的太阳穴上。

我睁开双眼时，发现自己身处医院，美晴露出一副将要哭泣的表情，目不转睛地盯着我。

"你没事吗？你的公司给我打来电话，我就在想你的心脏是不是停止了跳动。"

一瞬间，我还没有弄清楚自己的状况，可是，慢慢地我回想起来。折叠椅直接砸到了我的头上，我当场倒地。所幸太阳穴处只要缝几针就可以了，不过食堂似乎成了血海，简直一团糟。

"对方说你头部受伤，流了很多血。啊，应该很疼吧。"

恐怕是倒下的方式有问题吧，除了头部外，身体的各个关节也很痛。我皱了皱眉头，美晴说："你身上还有些碰撞伤，不过没有骨折。"

"这样啊，也无所谓啦。不过，话说，美晴你为什么会在这里呢？"

"你在说什么啊,我不是你的紧急联系人吗?"

说起来,入职的时候,我将美晴作为紧急联系人,把她的手机号码提供给了公司。这事被我忘得一干二净。

"啊,是啊。抱歉,给你添麻烦了。"

"没关系。啊,我把护士叫过来,之前她们说你醒来后通知她们。"

美晴面露轻松的神情,走出了病房。之后,主税走了进来。他好像不知道我已经醒了。看到我后,他大吃一惊,然后说了一声"对不起",低下了头。

"我完全没有考虑身后的状况。非常对不起。"

"这个不怪专务董事。那几个小伙经常争吵,肯定是因为血气方刚吧。"

我这样说完,主税抬起头。

"作为惩罚,请您要求这些小伙去献血,也能给别人提供帮助。"

我开玩笑地这样说,主税笑了笑。他的脸上顿时露出灿烂夺目的笑容,我不禁吓了一跳。

"好的,把献血车叫到公司里,怎么样?"

"太棒了。"

"让他们每个人献一升血。"

我之前就听说他是个直爽的人,果然容易交谈。我们两个人都笑了起来,这时美晴与护士一起走了进来。美晴说她出去后,恰好医生来了,医生给她介绍了我目前的状况。

"贵瑚,我在外面待一会儿。不给豆沙先生说一声,他会担心的。"

"麻烦了,谢谢。"

美晴对主税点头示意后走出了病房。目送她离开的主税问："她是你姐姐吗？"

"是我的朋友。"我这样回答，"因为出了些事，老家没有可以依赖的亲人了，所以麻烦她。"

"哦，这样啊。"

这时医生出现了，他向我解释说，我需要在四十八小时内保持安静，几天后需要拆线。听他说我不用住院，现在就可以回家，我不由得安下心来。

"那么，你这周就好好休息吧。因为是在工作中受的伤，所以不用担心工作的事。我还有个约，不能不走了。之后再联系。"

主税这样说完，就匆匆忙忙地离开了。我在美晴的陪伴下回到了自己的住所，这晚豆沙先生跑了过来。看到头上缠着绷带的我，豆沙先生顿时脸色发青。

"真的没……没关系吧？"

"相关治疗只是太小题大做而已。另外，美晴说以防万一，留下来陪我，所以没问题的。"

我向他咧嘴微笑，他无力地坐了下来。

"我太担心了。居然向女孩子扔椅子，这些家伙也太无法无天了吧。"

"我只是碰巧站在椅子飞来的那个位置而已。不过，在伤口痊愈之前都不能喝啤酒，这太让人痛苦了。医生阻止我喝啤酒。"

我耸耸肩这样说，豆沙先生温柔地回复道："病好之后，想喝多少我都请你喝。"随后，他望望我的房间，微笑着说：

"我还是第一次进入黄豆粉小姐的家啊。"

"也是第一次有男人进入我家啊。以后,不仅仅只有豆沙先生吧。"

我无意中说了这些。"是吗?"豆沙先生小声地笑了起来。

休假结束后我来到公司上班,主税带着那两个吵架的人站在员工通道门口。

"这是在搞别树一帜的欢迎仪式?"

这样问完,那两个人抢在主税的前面说"实在对不起",并低下了头。

"之前我们觉得我们会被开除。不过,专务董事说三岛小姐极力阻止他那样做。"

"也不算极力阻止。"

休假中,主税曾给我打过一通电话,他问我想如何处理那两个人。

"如果还在一个团队,你会觉得很恐怖吧?我想可以把他们从制造部调到发货部,或者以借调到我熟人的工厂的形式,让他们离开这里。"

"保持原状就好。"

那两个年轻人之前经常送我小糕点,他们说是玩弹子机获得的奖品,所以他们对我有恩情。这样说后,主税在电话那边哈哈大笑。虽然声音有些刺耳,但我并不感到厌烦。

"如果对他们说感受到了恩情,那么之后我还能得到糕点吧。"

"下次,让他们送歌帝梵巧克力。"

"哈哈,不必了。吃昂贵的巧克力我会拉肚子的。"

我们说笑着,我感觉我可以看到主税在微笑。几天之后,送给我一个歌帝梵的大盒子的，不是那两个年轻人，而是主税。

"这是什么啊？"

"我想看看怎么样才能让你开心。"

我对着这个摆在我眼前的高档盒子思量着，主税饶有兴致地盯着我。

"我只是单纯想看看你喜悦的表情，所以买了这个。请为我笑笑吧。"

我的太阳穴处有一个约四厘米的伤口，医生说可能会留下疤痕。我想用头发遮住它，但隐隐约约还是能看到，知道这件事的同事都说："对女孩子而言，这也太可怜了。"或许主税对这件事有愧疚感吧，不过这明明不是他的错。不过，他致歉的方式很是机智，我有些感动，不禁盈盈一笑。

"即便肚子会吃坏，我也要全部吃掉。非常感谢。"

"好！"主税点点头。

"你的笑容真令人愉快。吃完了就跟我说，我再送你。"

"你要这样送我，我的嘴会变得很挑剔哦。下次送我些便宜的巧克力就好。"

"什么嘛，无趣。"

主税开心地说。我接过巧克力，以为这次的事就全部解决了，然而，主税似乎是中意我的哪一点吧，此后他频繁地出现在工厂里跟我搭话。另外，在大家的面前，他还毫不羞涩地邀请我去吃饭，在场的诸位禁不住大吃一惊。和善的人会说："简直就像在罗曼小说的世界里，太棒了！"言语恶毒的人会嗤笑一声，说："原以为他没有任何缺点，但现在看来他完全没有看女人的眼光,太减分了。"

我至今都没有和男性交往的经验。虽然高中的时候,有一个同班同学曾向我告白。不过,那个男孩对于他母亲亲手做的盒饭,如果里面有自己不喜欢的菜,就会立马感到不高兴,所以我郑重地拒绝了他的告白。从那以后,我就再没有什么和男性交往的经验了。因此,当主税主动邀请我的时候,我不知道该怎么回答。

"这不挺好嘛。专务董事是个大帅哥,太让人羡慕了。"

"我就想看到事务所的那些女人露出一副遗憾的表情,简直太爽了。她们那些家伙不是一直看不起我们吗?"

"所以,请贵瑚务必答应专务董事啊。"

工厂内的朋友们完全抛开我,欢欣雀跃地聊了起来。这染上了粉红色的氛围,让我想到了那些天真无邪的高中生,真令人开心啊。

"那么,我就和专务董事一起去吃饭啦。"

这样说是因为我也想染上粉红色,我并没有觉得主税是真的对我一见钟情。他肯定只是对别具一格的女人感兴趣罢了。而且,他邀请我的话是"你太瘦了,有好好吃饭吗",然后接了一句"我们去我常去的那家烤肉店吧,那家店的东西非常好吃"。所以,不能否定他只是可怜我的这种可能性。

但是,以这一次聚餐为契机,之后他带我去了很多店:寿司店、铁板烧店、他在外跑业务时必然会光顾的乌冬面店、被杂志刊载过的意大利餐厅……他让我吃各种东西,还问"好吃吗",我如果点点头,他就会眼角挤出皱纹地笑着说:"是吧。"

就这样,某一天他第一次把我领到了他只有取得了大的订单才会去的餐馆。优雅的老板娘迎接了我们,并把我们带进了能够眺望日式庭院的榻榻米房间,此时我不由得确认了一下自己的着装——我这身衣服该不会失礼吧?喝不惯的饭前酒让我局促不安,像我这样的人待在这里合适吗?这样想着我不禁有些无地自容。漂亮地盛在盘子里的料理,令我太紧张,以至于身体僵在那里。看到这一幕,主税愉快地笑起来。

"只是一顿饭而已。不过,确实很好吃,来,啊——张嘴。"

坐在上座的他探出身子,用木勺挖了一勺蚕豆鱼羹,送入我的口中。蚕豆所具有的甘美与温煦,以及入口即化的丝滑感,让我目瞪口呆。主税笑着说:"有那么好吃吗?"

"我人生第一次吃这种东西,简直太好吃了。"

"贵瑚真是什么都不知道啊。不过没关系,我可以把很多事告诉你。敬请期待。"主税说完大笑起来。他的气势让我全身颤抖。我坚信这个人能给我展示一个我之前不了解的世界。从洗手间逃离出来的我的世界依然狭窄,可是这个人肯定能不断拓展我的世界。

这天晚上,在他的请求下,我与他接了吻,还将身体交给了他。在床上,他非常温柔地抱着我,不断重复着"我爱你",好像把一生该说的量都说了出来。他还说:"当我看到在病床上醒来的贵瑚时,我就想要你,只想要你。从今往后你都是我的女人了。"

他的这些话,让人感觉他就是一个想要玩具的孩子似的。但这些话对我而言,就是让我身体发热的咒语。主税能这么想,我甚至引以为傲。我们身处随处可见的商务宾馆里,头顶是乏味的天花板,但是我却看到了广袤无垠的美丽夜空。此时,我的周围正环绕着为我存在的世界。我处于不断膨胀的世界的中心。过剩的幸福感让我头脑发晕,即便现在就去死，我也无怨无悔。

与主税交往后，我的生活里充满了各种新发现。陌生的土地、陌生的味道、陌生的氛围。每一个都如此新鲜，身处其中，我既紧张又陶醉。看到我这样，主税又说我可爱，我也不会否定。

"能让我见见你经常提到的那些好友吗？我想看看在公司外面，贵瑚是什么样的人。"

交往半年后，主税这样对我说。我稍微考虑了一下。说起公司外的好友，那就只有美晴、豆沙先生和匠君了。

仔细回想起来，在与匠君正式交往前，美晴就把匠君介绍给我们了。匠君曾微笑着说："能用自己的眼睛观察你们三个人，并理解你们之间的关系，此外，还能加入到你们之中，真是太令人开心了。"

我也到了把他们三个介绍给主税的时候。不，特别是豆沙先生，一个对我而言意义非凡的人，所以这样的介绍好像太迟了。"你愿意见见他们吗？"我问。主税笑着说："那当然。"

主税预订的店是一家西班牙餐厅，他的朋友在那里担任厨师。在包间里，我们享受着主税喜爱的红酒和肉食。五人的聚餐最初看上去似乎友好地进行着。

"不过，太让人惊讶了。贵瑚曾多次提到豆沙、豆沙，我料定是位女士了，居然是位男士啊。"

有些醉意的主税，开始找豆沙先生的碴了。他们本来是分开坐的，这时主税故意坐在豆沙先生的身边，还用力地敲他的后背，不停地重复说："原来是位男士啊。"之前，我没有特意向主税提及豆沙的性别，仅仅说"是个很特别的人"，似乎造成了不好的结果。在主税的强颜欢笑中，忽隐忽现着焦躁不安。

"贵瑚与豆沙先生超越了一般的男女关系。过去，我也想贴紧他，但是根本做不到。我们之间无法产生那样的感情。"察觉到气氛不对的美晴笑着说，"是吧，豆沙先生？"豆沙先生对于主税的纠缠好像有些束手无策，他失去了往日的心平气和，很不耐烦地说："我也不知道。"

随后，豆沙先生又说："我之前没有特意那么想过。"

"……哈哈哈。如果认真想想，是不是觉得有那样的可能性呢？"

"这个嘛，我也不知道。"

平日的主税是不会找别人碴的。所以，我差点认为是豆沙先生得罪了他。我不禁对自己的傻气感到惊慌。我与工厂里的男士交谈时，主税似乎并不介意；我去参加同事的聚会，他也不会露出厌恶的表情。所以我不觉得我与男性保持友好关系，主税会表示厌烦。而且，正如美晴所说，对我而言，豆沙先生是一个超越男女关系的存在。豆沙先生的性别会成为问题，这是我未曾预想过的。现在想来，我才明白事物不可能完全按照我的预想发展。自己多么愚蠢啊，我不由得感到惊愕。之前的我还激动地认为，如果我珍视的豆沙先生与我深爱的主税能成为好朋友，那该多棒啊。我真是太愚蠢了。

啜饮着红酒的主税对豆沙先生说：

"说起来，告诉贵瑚'灵魂伴侣'这个词的人，好像就是冈田先生吧。您还说，在她遇到自己的灵魂伴侣之前，您会一直守护她，是吧？说得真好。"

紧缩身体的我呆若木鸡。我回忆着什么时候对主税说过这些话。那时，主税只是笑笑说："你的灵魂伴侣，当然是我啦。"可是，此时的气氛并不适于搬出这些话。

"是我,我才是贵瑚的灵魂伴侣。"

主税宣告似的这样说道。豆沙先生没有任何反应。啤酒似乎很难喝。"这样啊。"豆沙先生只是小声说了这一句,"或许是这样吧,又或许不是这样。"

看到不高兴的豆沙先生,我快要流下眼泪。我希望豆沙先生能祝福我。我希望他能笑着对我说:"恭喜你,黄豆粉小姐。"但正是因为我想法肤浅,才惹得最重要的两个人生气。

美晴与匠君努力展露笑容,想要岔开话题。对此,我真的很抱歉。我一直心平气和,觉得自己已经融入社会,但其实我仍然没有融入。我欠缺体谅他人、判断现实状况的能力。我因坐立不安、惭愧自责而想要痛哭的时候,聚会结束了。

"我希望你不要再和那个男人见面了。"

主税的优点就是有话直说。如果想要或是喜欢,他会直白地说出来;如果不满,他也会直言不讳。聚会之后,他比往日更加用力地搂抱着我,果断地说,豆沙先生的存在让他感到不快。

"要是最初就说他是位男士就好了。"

在他的怀中,我感受到一种近似绝望的情绪。不能像之前那样和豆沙先生见面了,我觉得自己似乎犯了什么过错。

"也不仅仅因为他是个男的。"主税望着天花板这样说,"不知道为什么,觉得有些恶心。那个家伙应该是喜欢你吧。"他坚信不疑的口吻让我感到惊愕。我否定道:"不是的。在聚会上,他那攻击性的态度,是因为你对他动怒,他要反击。"

"你在说什么啊？那个家伙进店后，就一直狠狠地瞪着我。"

"咦？"我禁不住叫了一声。豆沙先生不可能做那样的事的。

"他观察我似的盯着我。我可是搞销售的，对方对我有什么情绪，我都清楚。他那副表情就是憎恨我。"

主税边回忆边说，我不禁打了一个寒战。这与我所熟知的那个豆沙先生不同。但是，我不觉得主税会撒这种恶趣味的谎。

"总之，不要再和他见面了。如果不得不见，就先联系我。另外，只允许和美晴小姐一起去见他。"

"……知道了。"

我勉勉强强地点点头后，主税抱紧了我。躺在他那结实的臂膀里，他的气味和温暖包裹着我。

"抱歉，今天的聚会搞得很不开心。"

"没有没有。你能在百忙之中抽空来，真是很感谢。"

仅仅被主税这么抱着，我就神魂颠倒了。同时，我感受到一种万事都能顺利进展下去的如意感。我也很在意豆沙先生，不过他可能是今日身体状况不好，或是有什么非要那样做的理由才会那样吧。如果真是这样，之后他肯定会联系我，也可能与主税修复关系吧。没关系的，今天他只是偶然出现了那种状况。我也抱紧主税。不过，他和颜悦色地松开了我的胳膊。

"那么，我也该回去了。"

主税不会在我的公寓里留宿。无论多晚，他都会回家。他说和他住在一起的母亲身体不好，他很担心。

主税迅速整理好着装，然后约了出租车。他抚摸着我的头说："你就这么在床上进入梦乡就好。"这基本上已经成了固定流程。

"晚安，贵瑚。"

我真的很想和他一直待到第二天早上，但我没有任性。我装出笑容，说："晚安。"是留意到了我的心绪呢，还是纯属偶然呢，主税将要离开的时候，回过头来说："你也该搬家了吧。"

"你应该找一个安全性更好、能放下更大的床的房子。我们俩能悠闲地躺在里面就好了。当然，搬家费由我来出。"

这莫非是委婉的求婚？我顿时容光焕发。主税接着说："我希望你能住在我触手可及的地方。这里的话，交通不便，周围也很吵闹，环境也不舒服。让人不想在这里长待。"

这好像与求婚不同。我很是失望，另外，我对他的说话方式也有些不快。我鼓起脸颊说："感觉我就像个宠物似的。"这个房子不仅仅是为了迎接主税。

"你不是宠物，是我最重要的女人。"

主税笑了笑，说："出租车也快来了，我要回去了。我帮你把门锁好。"然后他就出去了。门被关上，同时传来锁门的声音。

从窗户往下望，可以看到主税坐上出租车。我慢吞吞地走下床，透过窗帘的缝隙，悄悄地目送着他。之前，我半裸着目送他，被他发现了，他训斥我太没有戒备心了。今天，主税没有留意到我在看他，他只是回头看了一眼我的公寓，就坐上出租车走了。

"好吧，我继续睡吧。"

当我准备回到床上时，我突然静止在那里。因为我感觉到豆沙先生就在屋子里。

"啊，不对。"

我想要一下子拉开窗帘，但回想到之前半裸的事，我便没有这样做。我透过窗帘的缝隙，缓缓地看了看，发现根本就没有豆沙先生的身影。

"原来是看错了啊。"

可能是太在意，所以出现了幻觉。我叹了一口气，又回到了床上。

从那以后，豆沙先生明显开始回避我。他不回我的短信，也不接我的电话。即便我给他发消息说"和美晴一起去喝一杯吧"，他也没有回复。听说美晴在公司里跟他打招呼，他也只是生硬地说了句"我很忙"。我原以为我们的关系很快就能修复，看来是我太天真了。

"估计豆沙先生是在失去恋人之后，才第一次发觉自己的恋情吧。"

在往日常去的那家超便宜的居酒屋里，美晴毫不掩饰地说。最终是我、美晴和匠君三个人出来喝酒。美晴一口气喝了半杯啤酒后，继续说道："豆沙先生看到贵瑚身边的新名先生，肯定很嫉妒吧。"

"是啊。"匠君歪着脑袋说，"我啊，觉得豆沙先生一开始就把贵瑚小姐当成一个女人看待。"

"咦，为什么？"

美晴这样问后，匠君开始搜寻合适的词句，说："因为他特意给贵瑚小姐画了一条线。"随后，他难以说出口似的加了一句："感觉他在等待。"

"等待？什么意思啊？不知道你在讲什么。"

"感觉豆沙先生在等待贵瑚小姐主动向他表白。"

将毛豆放入口中的我，对他的话大吃一惊。这是不可能的。但匠君用确信不疑的口吻继续说："之前我就一直有这种感觉，他这个人属于那种顽固地等待下去的类型。"

在恋爱方面，匠君自称自己是主动进攻型。他曾对我说，为了追到比他年龄大的美晴，他展开过猛烈攻势。那时听他说完这些话，我赞叹了一声"哇哦"，随后，他自信满满地说："女孩子就是漂亮的城堡。而我呢，是从正面直接挑战的战国武将。"他还说："豆沙先生不是武将。"

"说起来，也有希望被进攻的城堡。它们等着武将来攻克。"

"哈哈哈，你要这样说，我就稍微能理解了。"

美晴边喝啤酒边称赞道。

"你和豆沙先生来往很长时间了，你知道他一直在回避联谊、相亲之类的事情。他说过，他不想要这种邂逅。他还说，命中注定的人是不可能在那样的场合下遇到的。"

"浪漫的男人真是出人意料地多啊。"匠君点点头，"我也是对美晴一见钟情，当时就感觉这就是命运。"他沉浸在秀恩爱的状态中。接着，他对我说："最初在街上发现贵瑚小姐的好像就是豆沙先生吧？估计豆沙先生对贵瑚小姐一见钟情，觉得这就是命中注定。"

我和美晴互相望着对方。曾经豆沙先生对着诧异的我说他是带着邪念救我的，口气中带有玩笑的意味，莫非那是真的？怎么会呢？

匠君继续对有所动摇的我们讲着自己的见解。

"不过，豆沙先生自己说不出口，他等着你主动向他表白的那一天。事实大概就是这样。"

我想要逃离匠君那自信的眼光，于是我将视线投在自己的手上。我一边摆弄着毛豆的豆荚，一边陷入沉思。他使用了"命中注定"这个词，我和豆沙先生确实是命中注定的邂逅啊。如果没有那次邂逅，也就没有现在的我。可我对豆沙先生的感情并不是男女间的感情。我由衷地钦慕将我引向新的人生的豆沙先生，但这完全与性无关。但豆沙先生或许等待着我的感情能发生转变吧。

正当我苦思冥想的时候，"贵瑚没有错啊。"美晴说，"我见证了你们的来往，所以请让我说几句。我觉得错的是豆沙先生。从把贵瑚自那个家庭里解救出来，一直到贵瑚的生活安定下来，说得不好听一些，豆沙先生都是可以乘虚而入的。那个时候的贵瑚真的很脆弱，你全身心地渴望温暖。如果那个时候豆沙先生能对贵瑚说'我喜欢你'，我想贵瑚肯定能欣然接受。"

我也这么觉得。豆沙先生如果那时对我说，他想以恋人的身份待在我的身边，我会多么高兴啊。我想我会兴奋地牵起他的手。

"豆沙先生却没有那样做。他自己不主动，为什么想着让贵瑚主动告白呢？他真的太被动了。"

我将豆荚放在盘子里，拿起外面结满小水珠的啤酒杯喝了一口酒。我发觉碳酸的刺激已经变弱。

"我和豆沙先生也就这样结束了。"

现在的我爱着主税。我希望能一直待在主税身边。但是，如果选择待在主税身边，豆沙先生恐怕就不会再见我了吧。

"这也是没办法的事啊。"美晴遗憾地说，"贵瑚已经有了男友。豆沙先生自己决定旁观，还不允许贵瑚交男友，那就是他的不对了。豆沙先生之后一定会联系贵瑚，说那时都是他做得不对。"

对于美晴的话，匠君也点头表示赞同。

"对对，没关系的。你们之间的感情不会那么廉价。"

他们两人的善意让我很开心。我想即便现在和豆沙先生保持距离，以后我们也肯定可以像之前那样有说有笑的。他或许会笑着说："那时贵瑚那么痴迷其他男人，真是让人火大。"我也会笑着说："抱歉，我秀恩爱了。"

这天晚上，豆沙先生给我打来电话。由于醉酒而迷迷糊糊的我在床上接了电话，感觉自己在做梦似的。

"黄豆粉小姐，最近好吗？"

温柔的声音流进我的耳朵。这声音太温柔，以至于我热泪盈眶。我用手背擦拭着眼泪，同时感到自己如此孤单。

"豆沙先生，豆沙先生，那个……"

我想说的话堆积如山，难以顺利表达。我强忍着呜咽，寻觅着适宜的词句，这时豆沙先生平静地对我说："那个姓新名的男人，恐怕会让黄豆粉小姐哭泣。"

他又说："那个男人会让黄豆粉小姐不停哭泣，这就是你想要的幸福吗？"

"我不清楚你在说什么。主税先生是个好人，真的，他是个好人。"

一喝醉，我就会像傻瓜一样说话。我反复对豆沙先生说："主税是个好人。"这样说着，我蓦地回想起匠君的话。匠君知道，豆沙先生因为喜欢我，所以才会说那些话。但匠君不明白，我对豆沙先生的"喜欢"和豆沙先生给予我的"喜欢"并不一样。

"我能理解你说他是好人的用心。那么，你喜欢他哪一点呢？"

他不急不躁地问我，我稍微想了想。我完全不理解豆沙先生的用意。明明有很多话想要说，但不知道为什么就是说不出口。我不应该喝酒。

"喜欢他哪一点呢？"

"呃……他有着能把我带向更广阔的世界的强大力量。"

豆沙先生把我带向了一个新世界。但，尽全力拓展这个新世界，并让我了解到它比我想象的更加浩瀚、更加精彩的是主税。我慢慢地讲述着这些事，豆沙先生微微一笑说："这样啊。"终于能听到他的笑声了，我松了一口气。可是，我不明白，豆沙先生为什么要让我回答这样的问题呢？

"那个，豆沙先生，呃……你喜欢我吗？"

果然还是说不出"男女之间的那种喜欢"。豆沙先生沉默片刻后，说："你对我很重要。我一直在为黄豆粉小姐的幸福而祈祷。"

我的理解是，他的祈祷并不是为了自己的幸福。所以，我觉得他只是担心我和主税能否顺利进展下去。他最初狠狠地瞪着主税，以及与我保持距离，都是因为他不信任主税吧。或许是自我意识过剩，但我想他应该是在评估是否可以将我托付给主税。我在心里批评道："匠君果然搞错了。"下次我要跟他抱怨一下，都怪匠君，我才说了一些让人误会的话。

"哈哈哈，我也喜欢豆沙先生。所以，我们还是和以前一样去喝酒吧，你、我、美晴、匠君四个人。"

顺利的话，主税也可以去。本来想这么说，不过我觉得现在先算了吧，所以我就没提。

"如果这一天能到来，那就太好了。"

"那么，再见了。"这样说完，豆沙先生单方面结束了通话。

"真奇怪。"

我想再给他打过去，但考虑到此时已是深夜，也就算了。豆沙先生肯定还会联系我的。我就那么抱着手机，坠入梦乡。

可是，从那以后，豆沙先生再也没有联系过我。即便我给他打电话，他也一直没有接听。到底怎么回事啊？我变得不安起来。就在这时，豆沙先生突然辞掉了补习学校的工作，甚至都没有告诉美晴。

传来这个消息的时候，我正和朋友一起吃午饭。有阳光射入的食堂，明亮、热闹。在离我较远的董事用的席位上，主税正和客人坐在一起。客人边说边做着肢体动作，主税心情愉快地露出笑容，应和着对方。

"你是说他辞职了？"

"大家都在说他是不是被挖走了，不过没人知道真相。目前大家都处在似乎接受了晴天霹雳的状态里。校长身边的人当然都清楚是怎么回事，不过现在这个社会很注重个人隐私，似乎很难打听到什么消息。"

我知道电话那头的美晴很生气。她用焦躁的口气继续说道："我觉得他在学校里回避我，是因为贵瑚的事。因为我的想法偏向贵瑚，所以他有什么事要对我说的时候，总感觉充满了争论的气势。但我没想到他居然真辞职了。"

茫然若失的我，眼神与主税的眼神相遇了。没有被任何人看透的短暂瞬间，他对我微微一笑。他的举止总是显得那么兴高采烈，但现在看起来却有点黯淡无光。

"一个同事说他之后去豆沙先生的公寓看看。我觉得他应该不会搬走……"

不知为何,我感觉豆沙先生已经不在那里了。那么他到底去哪儿了呢?老家?可是我并不了解他,仔细想想,他这个人从来没有跟我们聊过他的家人以及过去的回忆。我觉得可能是因为我没有从家人那里得到幸福,所以他有意回避这个话题。为什么我没有提前问他呢?搞得现在没办法去找他。

"我如果知道了什么,再联系你。要是他联系了你,你也告诉我一声。大家都挺担心他的。"

与美晴结束通话后,我立即试着给豆沙先生打电话。但手机里传来的信息是,他没有开机。

"贵珊,发生什么事啦?"

友人们面容失色地窥探着我。这其中也有之前吵架的那两个人,他们看上去很忧虑。

"身体不舒服?下午要提前离开吗?"

"不要硬撑啊,三岛小姐。"

大家将我围起来,都很担忧我。我是怎么来到这里的呢?走出洗手间后,我是怎么来到这里的呢?是谁把我带过来的吗?

我想要哭出来,但一直强忍着。豆沙先生,为什么,你什么都不说就从我身边离开了呢?

第二天晚上,美晴给我打来电话,告诉我豆沙先生已经从公寓里搬出去了。我的内心不禁觉得事实果然如此,美晴有些难以说出口:

"另外,去他公寓的同事,还问了房东很多事。他请房东告诉他豆沙先生提出搬家的时间，结果啊……就是上次与新名先生聚会之后。"

"看来是因为我啊。"

没错，他发生这么剧烈的改变都要怪我。我一时发起愣来。

"他有些过分啊！"美晴的语气变得强硬。"他要这么死心眼地在意贵瑚，直说不就好了？真让人火大。贵瑚，你也不要有罪恶感。这个事太让人目瞪口呆了。"

美晴说了几遍"你不要在意"，就挂了电话。打开手机的通讯录，最上面就是"豆沙先生"。我盯着它，就在这时，一只手悄悄地从我的身后伸过来，将我手中的手机抢了过去。我转过头去，看到是来我公寓玩的主税。他麻利地删除了豆沙先生的名字。此时传来一阵机械呆板的操作完成的声音。主税对我说：

"忘记他吧。"

"不过……"

"之前你把你的过去都告诉了我。我很清楚他是你的大恩人。但是，即便你没有和他相遇，我也会和你相遇。而且会是我救了你。仅此而已。"

他斩钉截铁地这样说完后，搂住了我。他那似乎要阻挡别人、守护我的一切的结实的胳膊，将我包围着。

"仅仅是相遇的顺序不同而已。我相信无论我在哪里，最终我都能找到你。我想在那时，我会比那个家伙做得更好。所以，请不要以为遇到他是你人生的奇迹。"

主税的话像是在劝慰我，这让我平静下来。我闭上眼睛，想象着：如往常那样坚毅果敢的主税来到我父母家，将我从母亲的手中解救出来。要是有这样的一段过去，我会更加幸福啊，我想比起现在，我会更加认为主税就是我的灵魂伴侣。但是，现在已经无法回到过去。解救我的是豆沙先生，这个事实根本无法更改。

把主税已经订婚的传闻告诉我的，就是上次扔折叠椅的男子——清水君。

"听说对方是社长熟人的女儿，他们好像已经同居五年了。之前专务董事不是和三岛小姐搭过话嘛，他的真正目的是想和你搞婚外情。"

关系变得亲密之后，主税曾向我确认："你有没有和公司里的人说过我们的关系呢？"我只是按照事实，对朋友们说，偶尔会被主税邀请去吃饭，但两人的关系没什么进展。听到我这么说，主税说："我们的关系，你能对外保密吗？"

随后，他又说道："吃个饭什么的倒没关系，如果正式交往，我爸和我爷爷那边就会很啰唆。当然，我肯定会在某个时候告诉他们，不过，我觉得现在还太早。而且，公司里那些人七嘴八舌地议论也挺麻烦的。"

我觉得他说得很有道理。我仅仅被邀请去吃饭，就在公司里引起了一阵骚动。有些人批评我："接受邀请去吃饭，不过是厚颜无耻地利用专务董事使她受伤而产生的罪恶感罢了。"他们要是知道我们开始交往了，岂不更是一片哗然？我讨厌他们在背后悄悄议论一些有的没的，所以我对主税点点头。之后，我对公司里的朋友们说："专务董事好像对我腻味了。"朋友们噘起嘴唇说："真是无趣啊。"然后，他们也没有继续深究。

这样啊，我是主税的小三啊？

因为太过诧异，我竟一时语塞。清水君得意扬扬地说："感觉真是血脉相通。"他歪歪脑袋，笑着说道："社长也有小三。就是公司接待那些了不起的家伙时去的那家餐馆的女老板。公司里尽人皆知，那个女老板一直都是社长的小三。"

肯定就是主税带我去的那家餐馆。主税曾向那个迎接我们的女老板介绍我："这是我最疼爱的女孩子。"那位漂亮的女老板笑着听他说。主税的目的难道就是把自己的小三带到他父亲的小三的店里吗？我还懵懂无知地向她点头哈腰，我是个多么滑稽的女人啊。

"会长似乎也有小三，他们这一家的伦理观啊，简直太荒唐了。三岛小姐没有和专务董事过度来往就很好。"清水君饶有兴致地说。

随后，他继续说道："我们两个出去吃顿饭如何？之前还没有跟你好好道歉，你觉得怎么样？"

我想我是礼貌地拒绝了他，不过具体是怎么做的我也不知道。我的大脑一片空白，我甚至都不知道我是怎么结束工作回到公寓里的。当我回过神来时，我发现自己呆呆地坐在漆黑的房间里。我到底坐了多久呢？不经意间，屋子的门被打开，主税走了进来。我只给主税和美晴另配了钥匙，我现在没有气力跟美晴说这件事，所以在门被打开之前，我就知道只有主税会来。

"你已经听到那个传闻了吧？"

他低头望着瘫坐在地板上的我，这样问道。我点点头后，他遗憾地说："其实我不想用这种方式让你知道这件事。"

接着，他继续说："我本想找个合适的时机，坦诚地跟你解释。但是，不知道为何传闻先是满天飞了。"

"……也就是说，那个传闻是真的？"

我这样问，此时我的大脑不由得很冷静。因为这既不是误会，也不是谎言。主税坐在我的面前，拉起我的手。然后，他目不转睛地望着我。这样说也许有些愚蠢，我从他的瞳孔里感受到真挚，或者说类似诚意的东西。估计他要跟我分手吧。事已至此，他应该打算跟我分手吧。

"我们可以继续保持这样的关系吗？"

我等着他说分手的话，结果他却直截了当地说了这样的话。

"我真的很珍惜贵瑚。我不想把你交给任何人。可是，我不得不和其他女人结婚。与麻巳子结婚的事，我无论如何都无法躲避。"

"啊？你在说什么啊……"

结了婚，还想和我继续保持这种关系？虽然理解他的意思，但感情上我难以接受。主税抱紧一动不动的我，说："我想要你幸福。我要你住在更好的房子里。我希望你能一直在那里等着我。我一定会去贵瑚等我的那个屋子里。和现在没有变化，不，我要比现在更加爱你。"

这样被他抱着，我回想起清水君说的话。

"真是血脉相通。"

啊，真的有"血脉"这回事吗？我的身上流着小老婆的血。外婆以这样的血脉为食粮生活了下去；母亲虽然反感，但也曾一度顺从这样的血脉。莫非我还要生活在这样的血脉中吗？

不过，事实恐怕就是这样吧。我明明如此悲哀，想着必须拒绝他，但我的内心却这么喜欢他。我喜极而泣，想着没有被他抛弃可真好。

"……请让我考虑考虑。"

我之所以会这样说，是因为我想起了母亲的背影。不可以被感情绊住。我那时如果意志再坚定一些，现在也就不会变成这样了。刹那间，我似乎可以看到母亲那哀叹的身影。

"我知道你需要时间。我希望你能认真考虑一下。不过，如果贵瑚愿意待在我的身边，我这一生都会守护你。我想给予你一个女人应得的全部幸福。"

这样的事真的可能吗？他真的可以给他的准新娘以及我带来幸福吗？主税的准新娘如果知道了真相，应该会悲叹吧；我也会怀恨在心，想着早晚有一天让主税独属于我吧。

不过，几天之后，对着来到我的公寓的主税，我说："就让我一直待在你的身边吧。果然，我不能没有主税。"

我边说边落泪，之所以会悲伤，是因为我也将走上小老婆的人生之路。就是因为出生就是小老婆的孩子，所以母亲不愿意爱我，而我却准备以小老婆的身份生活下去，我可真是个蠢货。可是，无论如何我都不想失去主税。

主税抱紧边哭泣边颤抖的我说："谢谢。这或许让你难受，不过我的心一直在贵瑚的身边。无论何时，我心里挂念的只会是贵瑚。"

这肯定是谎言，他也一定跟他的准新娘说过相同的话吧。只要大脑的一隅想到这种情况，我就嫉妒得将要发狂，不过我装作一副若无其事的样子。与其恐惧失去，不如忍耐压抑在心中的痛楚为好。主税紧紧地搂住我，不停地低声说："我要让你幸福。"他还说，他要给我买戒指代替结婚戒指，那种平时也能戴的、素雅的戒指就很好，他要挑我喜欢的款式。

虽然我说在他的怀中我很开心，但是他在结婚前就抱着他的小三，我感觉他纯粹是一个不诚实的渣男。可是，他的身上洋溢着能同时给两个女人带来幸福的自信。就像清水君所说的，他的伦理观可真是奇怪，毕竟他这个人能笑着与自己父亲的小三交谈。而愚钝的我，竟能从中感受到他的强大。我坚信主税肯定会以某种形式继续爱我。

我遵从主税的建议，搬到了他与他的准新娘居住的公寓附近。就像主税之前所说的那样，比起之前的房间，这里更加宽敞，也更加安全。作为礼物，主税送给我一张两个人躺在一起还有很大空间的床。当这张大床被搬进来的时候，我不禁感到眩晕，想到这样真的好吗。我已经做好心理准备要走一条违背世俗道德的道路，但是，罪恶感如同海浪似的不停地涌来、退去。我多次想到，现在收手还来得及。可是，我已无法停止。我自己选择的路，我没有向任何人提及，甚至包括美晴。

主税对我说："你最近为我辞职吧，你作为女招待在那家餐馆里工作就好。"这让我不禁毛骨悚然。他是想让他们父子俩的女人在同一个地方围着他们转吗？"我打算自己找一份新工作。"我拒绝了他，随后，他回复道："还是我来找吧，我讨厌你身边有一些奇怪的男人，由我来精心挑选工作地点。"

我刚成为情妇，主税就比以前越发束缚我。与其说是束缚，不如说是更接近主张所有权的那种感觉吧。以前我开玩笑说自己是"宠物"，现在我觉得主税确实是这样对待我的。不，我真的可以被划分成"情妇"吗？这种关系，未曾向任何人提及，无法证明，也没有固定的形态，正因为如此，它才是束缚。我想象自己被无形的枷锁五花大绑着。我发觉，渐渐地，我已没有退路。

"感觉最近的贵瑚有点奇怪啊？发生什么事了吗？"

讽刺的是，豆沙先生离开之后，例行的聚会反而举行得更多了。

在之前的那家居酒屋里，我们点了和以往相同的菜品，三人碰了啤酒杯后，美晴忧心忡忡地说道："你和新名先生进展得顺利吗？总觉得每次和你见面的时候，你的脸都挺阴沉的。"

美晴和匠君担忧地望着我，被他们这么盯着，我强作欢笑："也没有啦。"主税正忙着准备与其他女人的结婚典礼，所以最近见不到他之类的话，我怎么说得出口呢？

即便生活中我充耳不闻，但工作的时候还是会听到主税的事。要么是婚纱三年前就向设计者定制了；要么是他的社长父亲很中意准新娘，像亲生女儿一样疼爱她；要么是准新娘是个美丽的、贤妻良母型的女人，正满心欢喜地盼望着与主税的结婚典礼。

每当听到这些幸福的消息，我就想我还是收手吧。我决定向主税提出分手。然而，深夜他突然来访，亲吻着我的嘴唇说好想见我的时候，那些话黏在喉咙深处，终究没有说出来。在这个为了等待他的房间里，每晚我都等候着他能一时兴起过来见我。打开窗户，我怅然若失地向外望着，内心不禁悲痛起来。回过神来时，发觉现在的自己会花费更多的时间，聆听 52 赫兹的鲸鱼的叫声。可是，像我这种没有人情味的人的声音，肯定没有人会倾听吧。算了，这样的声音还是不要传达给别人为好。

"对了，关于豆沙先生——"

像是突然想到似的，美晴这么说。我大吃一惊。

"我们学校的老师好像看到过豆沙先生。"

"真的吗？"

我惊愕地问，美晴回答道："大概就瞟了一眼，感觉他没有变憔悴，生活也没变得一团糟。"一想起豆沙先生，我的内心就会作痛，听到他的近况，我安下心来。美晴用温柔的语气说："如果豆沙先生能再次联系我们就好了。"我点点头。不过，我觉得我们还是不要联系为好。我不希望豆沙先生询问我的现状。

与美晴他们辞别后，我回到公寓，发现主税在里面。

"咦，咦，为什么？我之前不是说了今晚我和美晴他们去聚餐吗？"

他要是之前联系我他要来，我也会早点结束聚会。本想这么说，但最终我还是默不作声。主税露出一副极其严肃的表情，正如那晚我知道他已经订婚时他的表情。

"……怎么啦？"

"有一封揭发我和你的关系的信，被寄到我爸那里了。"

刹那间，我从醉意中清醒过来。感觉我的体温急速下跌，伴随着巨大的响动。

"信上写了我们什么时候开始交往的，以及这个公寓的地址。"

"骗人的吧……我……我没有写这封信。"

莫非他在怀疑我？我慌慌张张地这样说完，"我知道。"主税回复。

"我不是在怀疑贵瑚。寄信人毫不隐讳地写了自己的名字，是'冈田安吾'。"

我头晕目眩，无法站立，只能当场坐在地上。主税盯着我的脸，恐怕我的脸已经一片惨白了吧，他说："一开始我就觉得他不是个好人。"他还问我："以防万一，我确认一下，贵瑚没有和那个家伙联系吧？"我迟钝地点点头。

"美晴和匠君应该也没有和他取得联系。而且，这个公寓的事我还没有跟任何人说。"

"如果是这样的话，那就是他一个人在我们周边打探。"

主税不禁使劲咂嘴。

"还好信是写给我爸的，只有他看过。他骂了我一句'这都是你干的好事'，也就算了。如果传到对方的家里，或是麻巳子的耳朵里，那就糟了。"

豆沙先生到底想要干什么啊？我点点头，大脑一片混乱。

"贵瑚，你要多加小心，那个家伙可能会来接触你。你要么先住在美晴的房子里，或者先在宾馆里躲避一下？不，还是不走出这座公寓最安全。我会督促管理员多加注意。"

主税的声音听起来如此遥远缥缈。豆沙先生已经知道这座公寓了。也许他就在近旁，只是我们没有留意到而已。

"豆沙先生为什么不直接跟我交谈呢？"

"我想他应该是怀恨在心。"

主税极不愉快地说，俯下身子的我抬起了头。

"大概是因为你没有选择他，而是选择了我，所以怀恨在心吧。另外，他也不允许这样的关系继续保持下去吧。"

"他生我的气？"

这样说着，我想应该就是这样的。他肯定对我既感到惊诧又感到愤怒。这也是理所当然的。我知道自己的行为很愚蠢，但还是选择做了愚蠢的事。

"他应该是嫉妒我。不过,你暂时不要离开这座公寓。买东西在网上解决就好。公司现在也不必去了。"

主税说完,我只能点点头。豆沙先生生气了,只这么想想我就觉得自己的心灵已无处安放。

"这个事要尽快解决。你要注意锁好门。"

他说完,在我的额头上吻了一下,之后,匆匆忙忙地离开了。我锁好门,抚摸着尚存暖意的额头,蹲坐在玄关处。铺着瓷砖的地面如此冰冷,而我却动弹不得。

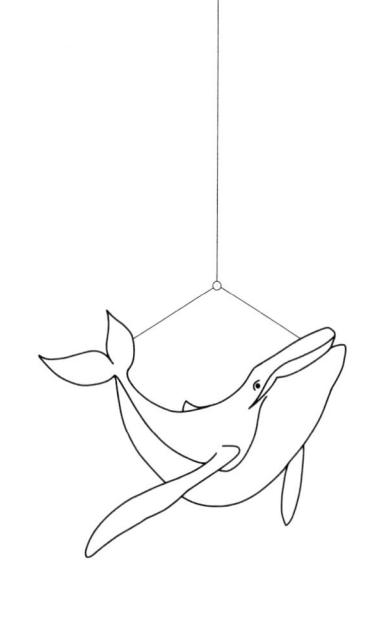

52赫兹的鲸鱼们

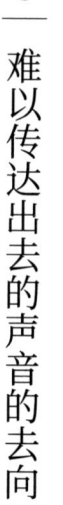

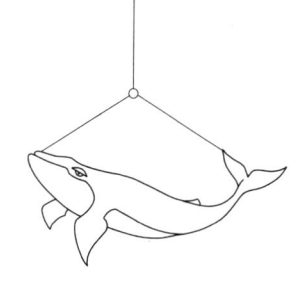

6
难以传达出去的声音的去向。

"噗",传来一声可爱的声音,我和美晴互相凝视后,放下心来。好像是52打了一个喷嚏。看到我和美晴那惊讶的表情后,他抱歉地低下头。

"空调的制冷效果太好了,要稍微升高点温度吗?"

我笑着说。我用目光向表情僵硬的美晴暗示中断对话。这些话确实不适合在孩子面前说,美晴点点头。

"哎,52,明天我们就返回大分县吧。既然好不容易来了北九州市,傍晚凉快后,我们在市区里散散步吧。宾馆周围有许多餐饮店,我也想去吃吃当地的名小吃。你跟我们一起去吧。"

我这样说完,52点点头。

于是,等到太阳西下后,我们三个走出了宾馆。城市里依然闷热,穿过大楼间隙的风也还是炽热的。

"我呢,想去一个地方,你们愿意跟着我去吗?"

52点点头。美晴说:"好的,跟你一起去。"仗着他们的支持,我大步走起来。

注意到我将要走向何处的,果然是曾经生活在这里的52。我对着脸有些变僵的 52 说："我想去乘坐那个。我想要大家一起去乘坐那个。"

我的指尖指向的就是那个红色的摩天轮。名为 ChaChaTown 的、被流行色彩装饰的商业设施，比想象中更加热闹。那里也有电影院和游戏中心，有许多小孩子。我领着 52 向乘坐处走去。

此时没有人要乘坐摩天轮。它变成了一个庞大的装饰品，即便如此，下面依旧站着工作人员。我们靠近后，工作人员笑着说："请问要乘坐吗？"付了三个人的钱，我们进入吊舱里。52 也默默地跟着我们。

"呜啊！我已经有十年没坐过摩天轮了。"美晴稍有些兴奋地说道，"到了最高处，我们三个拍张照片吧。"于是她拿出了手机。52 缄默不语地眺望着不断变得开阔的景色。夕阳映照下的城市，仿佛渐渐远离，看上去如此寂寥。

"你和你奶奶之前坐过这个，是吧？"

52 点点头。

"那时你应该很开心吧？"

52 再次点点头。他的眼角稍稍湿润，我装作没有看见。

"啊，快了快了，马上就到最高处了！我们快拍照片吧！"

坐在另一侧的美晴突然叫着站了起来，然后她立即将手机镜头转向我们，并大步迈了过来。可能是猛然间人都集中到一边吧，吊舱开始剧烈摇晃。即便如此，美晴还是坐在了我和 52 之间，高举手机。

"好的，我们两个人做个鬼脸！"

"我说，美晴啊，吊舱在晃，你就别闹了。鬼脸，你指的什么啊？"

"就是那个啊，贵瑚最擅长的 Peko 酱的表情啊。52 也笑一笑，把牙齿露出来。"

在摇晃的吊舱里，美晴多次按响相机快门，我和52在她的气势的压迫下，拼命做着各种表情。重拍多次后，美晴说"就这张啦"，然后关掉了手机相机，此时，我们已快到地面。

"呃，真是难以置信，快三十岁的女人居然干这样的事。"

"瞧你说的，人家才二十六岁啊。人生嘛，重要的是张弛有度。"

美晴满足地操作着手机，然后把照片展示给比我还虚脱的52看。"这张就是最佳照片。"她说。我偷瞟了一眼，照片上的52虽然勉强，但还是张大嘴想要露出笑容。

"贵瑚的Peko酱表情虽然很丑，但也还凑合。"美晴笑着说。

"小心我揍你。"我挥舞着拳头说道。52盯着手机，一副盯着什么奇怪东西的表情。我对着他的侧脸说："应该笑得更开心些啊。"

"那么……对了，52绝对向朋友这样大笑过。"

52看着我，我做了一个Peko酱的笑脸。他的脸上露出一丝微笑。他摇摇头，好像在说，够了够了。

"真的啊，你也可以笑的啊。"

我反复这么说，52点点头。不过他的表情里始终渗透出落寞、失意感。我的话，根本无法拯救他的心。唉，到底怎么做才能让这个孩子开怀大笑呢？

"我知道了。52，你应该是肚子饿了吧。我们去吃饭吧，这样你的心情就会变好！"大概是注意到了52的表情吧，美晴拍了拍我和52的后背说道，"我已经在美食网上查好了，我们去吃豪华大餐吧。接下来由我来带路。"

她的粲然笑容如此温柔。啊，有美晴在可真好！我这样想。

"都交给你了。必须是家啤酒劲爽的店！"

我强作笑颜这样说后,美晴笑得愈加灿烂。

之后我们吃了小仓特产"铁锅饺子",还去了烤鸡肉串店。美晴精选了一家拉面店,说压轴大餐一定要在这里吃。我们吃了豚骨拉面和关东煮。酥脆的鸡皮、浸透了酱汁的萝卜都很好吃。而且,无论哪种食物,与啤酒都很搭,我和美晴竞赛似的大口喝着啤酒。此时,美晴就坐在大啤酒杯的另一侧,这看惯又曾被抛掷一边的情景最是可爱。52颇为稀奇地望着欢欣雀跃的我们。

"抱歉抱歉,你是不是觉得很无聊？"

美晴问后,他摇摇头,然后他用圆珠笔在从便利店买来的笔记本上写下"只是有些惊讶",他还加了一句:"因为我第一次参加这种聚餐。"

"哦哦。"

美晴抚摸着52的头,开心地喝了口啤酒。

"哎,美晴,我一直都想问你来着,你来我这里的事有告诉匠君吗？"

"告诉了的。"美晴干脆地答道,"当然说了的,匠君也有话让我转达给你——'太过分了。'"

就这几个简单的字,让我心如刀绞。我低下头。"不过,他说如果贵瑚还健健康康的,就继续对她说:'你不该抛弃自己的朋友。我永远是贵瑚的朋友。'"美晴笑着说。

"匠君和我一起去了贵瑚的老家,他对那个臭老太婆气势汹汹地说:'再也没有比贵瑚更好的孩子了！'"

"……谢谢。"

我尽全力忍耐着不要哭出来。

"你一个人背负的东西太多了。你如果拜托我、匠君或是工厂里的朋友，我们肯定会帮你的。我们不会因为你的那些事，斥责你、讨厌你、远离你。我希望你能更加信任我们。"

美晴冷静地说，没有痛斥，没有发怒。我对她发自内心地感到抱歉。那个时候的我，根本没有考虑别人的感受。

我低下头，"但是呢"，美晴改变了语调。

"但是呢，现在的你一心想着这个孩子的事，过着充实、正直的生活。真令人高兴啊。你的生活状态，我也想让匠君看看。快，52，这串关东煮非常好吃，你快吃。"

美晴心平气和地笑笑，将一串牛筋递到了不明所以的52的嘴边。他拿过它吃起来，似乎在说我自己可以吃。我凝视着他的脸庞，想到与他相遇后，我自己也在不断地发生改变。

之后，我们回到了宾馆，肚子吃得快要胀破了。52无力地躺在沙发床上，他抚摸着自己的肚子，准备闭眼睡觉。"哎，快去刷牙。"美晴厉声说道，于是他东倒西歪地走向盥洗室。美晴逼他吃了很多东西，所以他的身体有些滞重吧。他刷完牙后，我问他："要洗澡吗？"他摇摇头，躺到床上去。不久，就听到他的气息声。

"哎，白天没讲完的话，能继续讲给我听吗？"

美晴平静地说，我点点头。我的罪行的自白还没有开始，应该从哪里讲起呢？

"……豆沙先生确实喜欢我。我想他应该是爱着我的。"

美晴聆听着我的有条不紊的讲述。

"这一部分我之前也想象过,就是我觉得豆沙先生第一次见到主税的时候,就认为对方有问题,然后豆沙先生对主税身边的人做了调查,结果发现他是有婚约的人。"

我想公司内部流传的主税已经订婚的风言风语,正是豆沙先生散布的。那个时候,我要是和主税分手就好了,但是我们不仅没有分手,反而关系更加亲昵了。

于是,豆沙先生就给主税的父亲写信,想要让父亲劝诫自己的儿子。然而,豆沙先生并没有得到预期的反应。

"之后,豆沙先生依次给公司、准新娘家寄了相同的信。听说最初只是劝诫主税的主税父亲,也按捺不住,在公司里痛骂他:'你快抛弃那个女人!'"

可是,主税并没有那样做。虽然他对自己的父亲说已经和我分手了,但他并没有抛弃我。

"那个,我一直没有搞明白,豆沙先生既然对贵瑚这么执着,那为什么不把自己的心意告诉贵瑚呢?"美晴摇摇头,似乎发自内心地难以理解,"豆沙先生,可真是个笨蛋啊。"

我望着她那焦灼的表情继续说道:"主税发了雷霆大怒,我就是站在旁边看着他也会颤抖不已。他拜托信用调查所去查豆沙先生的底细,之后他搞清楚了豆沙先生为什么要选择那种迂回的做法。"

主税拿着调查报告跑到我的公寓里,此时的他少见地因为兴奋而面红耳赤。"哎,贵瑚,我总算明白那个家伙不碰你一个手指头的原因了。"

"豆沙先生啊……是个变性人。"

美晴轻轻地叫了一声，宛如铃铛落地。

"户籍上他是女性，但他注射了荷尔蒙，让自己的身体男性化。美晴的学校里的校长，在了解了全部事实之后，就雇佣了改名为'冈田安吾'的他。"

豆沙先生的本名叫冈田杏子。从其出生地长崎的某所大学毕业后，他立即来到东京。以移居到新地方为契机，他开始走上"冈田安吾"的人生之路。他似乎一直没有恋人，只是以冈田安吾的身份平淡地生活着。

主税的目光投向调查报告，嗤笑着道："他啊，就是拿自己的人生缺陷造成的焦躁来攻击我，真是卑劣无耻啊。"我一边茫然地听着主税讲出来的、豆沙先生隐藏的真相，一边思索着我该如何看待豆沙先生。

豆沙先生来自一个单亲家庭，他的母亲平静地生活在一个海边小镇上。主税联系了豆沙先生的母亲："贵府上的小姐，不，应该说公子才合适吧？哎，您还不知道吗？他，不，她，现在以男性的身份住在东京。您无法相信？没错，她就是披着男性身份。而且，您的女儿跟踪了我的女友。她还随意打听我的私生活，给我带来了很大的困扰。我的女友因为恐惧都不敢出门了，整天以泪洗面。您能不能好好劝劝您女儿呢？"

我觉得联系别人的父母并不妥当，但主税却说："一切都由我来做，你觉得可好？"于是，他向别人挥舞利刃。而我之所以无法挥舞，应该是因为我决心不足吧。

接了主税的电话后，豆沙先生的母亲深受打击。她不断重复着"对不起，对不起"。就是与她远隔千里的我，也能感受到她那剧烈的不安。

我一边听着电话那头的悲痛声和主税那盛气凌人的声音，一边体会到一种近似绝望的感觉。为什么会变成这样呢？

我向主税请求，希望他让我见见豆沙先生。我还没有与豆沙先生充分交谈过。如果我和豆沙先生好好谈谈，问题应该就能顺利解决吧。可是，主税对我说，他绝对不会允许我这样做。他说，对方已经变得焦躁不安，既然已经联系了那个家伙的母亲，之后他会做出什么事也难以预料。那个家伙就是个恶魔。把他当作怪胎就好了，居然以自己的自卑感为盾牌来攻击我们。

"我觉得主税有的时候并不冷静。豆沙先生也给主税的准新娘寄了信，于是那位准新娘果断地回娘家了。周围的人都知道这件事了。主税和我还没有分手，对此他的父亲非常生气，于是把我调到工地上去工作，而主税无论在家还是在公司，都陷入了如坐针毡的窘境中。"

在这种情况下他还是不愿抛弃我，他确实是爱着我的吧，不过我觉得他对于豆沙先生的憎恶才是更重要的原因。"要是和贵瑚分手了，那就正合了那个不完整的女人的意了。我是绝对不会和贵瑚分手的。我所品尝的痛苦，我要加倍奉还给那个家伙。"主税这样说，他的眼睛发红，之前我从未见过他这样。

其实，我也不知道主税到底想要干什么。回想那之后发生的事，我觉得他的所作所为相当过分。

主税完全不告诉处于软禁中的我，他到底在干些什么，以及豆沙先生究竟怎么样了。我被迫过上了待在公寓里，只等着主税来的日子。最终，我不得不辞去工作，没有主税的许可就不能外出。

某一天，我说，美晴邀请我去喝酒，我想正好出去散散心，随后，主税就扇了我一巴掌。"都到这个时候了,你在说些什么啊?你不知道我现在的状况有多么糟糕吗?"他说。他那宽大的手掌毫不客气地扇了我,我顿时倒在地板上,头受到了严重的撞击。我感觉眼前的东西都在摇晃,不清楚到底发生了什么。主税抓着倒在地板上的我的领口,粗暴地把我拉起来,还扔出一句:"你给我老实点!"他继续说:"你知道我在你身上花费了多少吗?作为回报,你就在这里乖乖地等我就好。"

主税非常不快地瞥了一眼脸颊变肿的我,然后离开了。听到门被锁上的声音后,我跟跟跄跄地站起来,走向厨房。我把毛巾弄湿敷在脸上。冰冷的毛巾浸透了我的泪水。

我必须和主税分手。之前温柔的主税现在已经完全变了一个人。他只这样对我。因为我想要抓住不被任何人祝福的恋情,即便豆沙先生什么都没做,也肯定会有第二个豆沙先生出现,来指责我的罪行。

如果没有遇到主税,或者至少能够早些分手,我也不会落到这步田地吧。

"那个姓新名的男人,恐怕会让黄豆粉小姐哭泣。"

我骤然回想起了豆沙先生的话。对啊,那是豆沙先生对我最后的忠告。那个时候,他已经知道主税有准新娘了吧,所以才会这么说。可是,我是怎么回应的呢?啊,对了,喝醉的我像个傻瓜似的反复说,主税是个好人,是个大好人。如果我在清醒的时候能和豆沙先生多聊聊,大概也不会变成这样吧。那么,之后呢?之后我说了什么呢?

"那个,豆沙先生,呃……你喜欢我吗?"

"你对我很重要。我一直在为黄豆粉小姐的幸福而祈祷。"

早已忘却的对话,不经意间,清晰复苏,我不禁倒吸一口凉气。于是我猛然间理解了。啊，是啊，他是那么说过。这样的话，他一连串的行动，不就是以他的方式在祈祷我的幸福吗？他并没有责备我的罪行。为了能让我幸福，他不顾一切地这样做着。

我精疲力竭地坐在洗涤槽前，腿的颤抖一刻都没停止。我是做了后悔莫及的事了啊。

"主税总是将豆沙先生的调查报告装在自己的商务包里。所以，趁主税不注意的时候，我偷偷地看了那份报告。如我所料，上面清楚地写了豆沙先生的住处。"

我悄悄地用手机拍了照片，然后装出一副若无其事的样子，将资料放了回去。豆沙先生的住处稍微有点远，不过还没有远到不能去。虽然我处于软禁的状态，但在主税去工作的时候，我还是可以出去的，所以我决定偷偷地去见豆沙先生。即便外出的事暴露，我被主税殴打，我也不在意。我想尽早见到豆沙先生。

"见到豆沙先生后，对于之前的事我想跟他道歉。另外，我想对他说，我计划和主税分手。即使豆沙先生痛骂我一切都为时已晚，我觉得我也必须这么做。"

豆沙先生住在一栋旧公寓里。我鼓起勇气按响门铃，也不见人出来。我侧耳细听，只听到远处有水流声，可能他在泡澡吧。于是，我就在玄关处等着，过了很久，水声都没有停止。正当我感到奇怪的时候，一个头发花白的女性走了过来。她就是豆沙先生的母亲。她困惑地问我，我与豆沙先生是什么关系，我说是朋友，于是她露出安心的表情。

"豆沙先生的母亲说，她住在附近的宾馆里，这一天准备和女儿返回长崎。她觉得女儿一个人生活在大都市里，肯定身心疲惫吧。'我想让她一边眺望着大海，一边疗养。'她犯难地说。"

豆沙先生的母亲有一串配好的钥匙，她为我打开了门。听起来在远处的水流声不断变大。豆沙先生的母亲向屋内喊着"杏子"，但没有回应。

"可能在泡澡吧，其实这个时间点没必要泡澡。请稍等一下。"

她叹了一口气，向浴室走去。我无所事事地环视着这个狭窄的房间。应该是已经搬家了吧，房间里什么也没有。地上只堆着几个捆扎好的纸箱。为数不多的家具里，有一张陈旧的办公桌，上面整齐地放置着两个雪白的信封，这稍微引起了我的注意。我朝着办公桌刚迈出一步的时候，传来一声惨叫。

"是走到浴室里的豆沙先生的母亲发出了尖叫，我立即飞奔了过去……结果发现豆沙先生在浴缸里死去了。"

因为喷头里不停喷出温暖的水，所以浴室里有些模糊不清。豆沙先生就躺在被血染红的浴缸里。我愕然地呆立在那里，面前已变得半癫狂的豆沙先生的母亲，想要将豆沙先生扶起来。他的手耷拉在那里，不停有血流出来。"杏子，你为什么要这样做？你为什么会这么痛苦？我不是说过我们只要把病治好就行了吗？你何苦要这样做呢？"她哭叫着，双手已经被豆沙先生的血染红。

然后，警察和急救队来了，现场一片混乱。"她是个女孩，不要看，至少叫位女性来。"豆沙先生的母亲大喊着，并用浴巾将豆沙先生包裹起来。即便警察多次对她说，请不要碰遗体，但她还是紧紧地抱着豆沙先生，不愿松手。

美晴深深地叹了一口气。她慢腾腾地站起身，然后打开冰箱看了看。昨晚买的罐装啤酒只剩一罐了，于是，她往房间里配置的两个玻璃杯里各倒了半罐啤酒。她将一个杯子递给我后，默默地坐在我的身边。相互紧贴所产生的温暖融化了我的心。

"豆沙先生的母亲是个极其普通的、和蔼的人。她无法接受自己女儿的内心是个男人……她一直认为那是一种精神疾病。她反复说，明明只要喝了药，悠闲地在乡间调养，这个病就可以治好的。"

我对豆沙先生的母亲说，我想要送送这位挚友。之后，在一段短暂的时间里，我照顾了豆沙先生的母亲。豆沙先生的遗体要被送去做尸检，所以两天内都不会被还回来。这期间，我联系了殡葬公司，准备了葬礼的事。豆沙先生的母亲变得失魂落魄，她哭着对我说，不想要别人知道这件事，所以我就将它作为一个小型的家庭葬礼来处理。

"豆沙先生的遗体做完尸检被还回来后，我们两个一起送走了他。她竭尽全力地在他的脸上化了妆……"

仅仅回忆一下，我就心如刀绞。豆沙先生的母亲剃掉了豆沙先生下巴上的胡须，并认真地给他涂了粉底霜，以此遮盖胡须剃痕。她还给他描了眉，脸蛋上拍了粉，涂了口红。她还向殡葬公司的负责人请求遮盖住豆沙先生那剪短的头发。棺椁里堆满了白百合花。豆沙先生的母亲望着像新娘一般戴着白色面纱的豆沙先生，不禁当场泪崩。"为什么只在你去世以后，才让我看到你的这副妆容呢？为什么啊，为什么啊？"

"看到他那个样子，我深刻地体会到了他没有公开自己是变性人的苦衷。豆沙先生一定很痛苦吧。"

守夜的那个晚上，豆沙先生的母亲在豆沙先生的棺椁旁，因为长时间恸哭而疲乏地睡着了。看到她的睡脸，想到不过几天她就变得如此面容憔悴，我感到非常痛心。我给她披了一个毛巾被，然后向棺椁里瞧瞧。里面有一个和这位母亲面容相似的、可爱的女性，根本想不到那是豆沙先生。或许豆沙先生也不想以这样的姿容出现在我的面前吧。因此，我只是凝视了片刻他的脸，就立即关上了棺椁的小窗。随后，我拿起放在棺椁上的两个信封。

放置在豆沙先生房间办公桌上的信，其实是遗书。一封是写给他母亲的，我阅读了其中的内容后，发现里面反复地写着道歉的话。

"对不起，我是个不完整的女儿。之前不断让你感到痛苦吧。因为我无法以女孩的身份生活下去，所以无数次地让你流下了本不该流的眼泪。对你而言，生下我这样的女儿，内心肯定很难受吧，不过，我觉得能成为你的孩子，我真是幸运。我希望来世依然做你的孩子。请务必再次生下我。不过，我期望那时的我是一个男性。我渴望拥有壮硕的身躯，能够帮到你；渴望有一颗坚强的心，能够使你放心。我跟你约定好，不会再让你感到悲伤。所以，此生请允许我做一个不孝的孩子。"

豆沙先生确实很痛苦。自己的内心与肉体撕裂，这样的冲突也无法向母亲坦白，他肯定一直处于痛苦中。那翻来覆去的谢罪词里，充斥着他无法获得救赎的愁思。

在这些断人魂魄的语句前，他的母亲不停地说："这都要怪我没有好好生育、抚养这个孩子，都是我的错。我好想再生她一次啊，这样的话，我不会再像之前那样抚养她。"

面对此情此景，我什么也说不出口。一点都不了解豆沙先生的痛苦的我，又能趾高气扬地说些什么呢？

另一封遗书是写给主税的。不过，应该是警察调查过，信封早已被打开。豆沙先生的母亲说，没有看信的勇气，所以就把信静置在那里。我轻轻地打开了它：

新名主税先生：

　　你一定很惊讶，我为什么会给你写信呢。对不起，请稍微聆听一下一个将死之人的心声吧。

　　请与贵瑚分手吧。如果你做不到，如果你认为你就是她的灵魂伴侣，那么就请只守望着她，只呵护着她。我想你是知道的，她背负着极其辛酸的过往，太缺乏被爱的记忆。她需要一段被别人全身心地包裹、爱护的，无可替代的记忆。如果不能实现，她的心灵之海无论何时都不可能变得丰饶。

　　现如今，你只是给予了她不诚实的爱。你不过是治愈了她短暂的饥渴而已。她内心深处的孤独，绝不会消散。恐怕这种孤独反而会加深吧。

　　所以，我乞求你能够坦诚地面对贵瑚，并送给她无上的幸福。是真正成为她的灵魂伴侣，还是让她遇到她的灵魂伴侣，请做出选择吧。无论你选择哪一个，我都会感谢你。

　　正如你所说的，我是一个不完整的人。我没有你那样强健的体魄可以抱紧贵瑚，也没有强大的气势将她包裹起来。我或许没有让她看到更广阔的世界的气度。我没有自信能同时满足她的心灵和身体，这样的我如果渴求她，早晚会让她受苦吧。你说，贵瑚的身边需要一个没有缺陷的人，对于这个意见，我深表赞同。能够支撑这位内心依然不安定的女性的，应该是一个身心丰盈的人。

以前我救过贵珊，这让我很满足。我想我是时候成为她人生中曾经的登场人物了。所以我决定不告诉贵珊，自己默默地离去。如果贵珊知道我已死去，请对她说，我的死都是因为愚钝的我太软弱了。

请让贵珊幸福。我用生命向你乞求，同时带着对之前胡作非为的歉疚。

这封信里没有任何的诅咒谩骂，对于它我竟一时语塞。明明是写给主税的信，里面却充溢着豆沙先生对我的情意。豆沙先生比任何人都要爱我。就是在去世前，他还为我祈祷着幸福。

"豆沙先生什么都没有对我说，只是静静地等待着。从我的视角来看，我觉得他是准备公布他是同性恋的。如果我能主动选择豆沙先生作为我的灵魂伴侣，那么他肯定会向我坦承一切。"

我拿着玻璃杯的手在不停颤抖。美晴握住了我那颤抖的手。

"不过，我觉得豆沙先生一直想要向我传达他的声音。他好像在反复说：'请注意！请看！'可是，我根本没有留意到……是我让他受伤死去的。"

随意的对话，深夜的电话，都是他在呼唤。

豆沙先生也是一头发出 52 赫兹的叫声的鲸鱼。他肯定在尽全力出声歌唱，但我却没能听到他的声音。在他引导我进入的世界里，我却朝着洪亮的、易懂的声音走去。

"我真希望他能亲口对我说他的心意。如果他对我说，'我就是黄豆粉小姐的灵魂伴侣'，我肯定会点头同意的。豆沙先生的身体是其次的，只要他能靠近我，和我睡在一起就好了。我真是这么想的。然而，那个时候的我沉醉于新事物里，完全没有听到豆沙先生拼命发出的声音。我简直太愚蠢了……"

我想要哭喊出来，但我还是忍住了。美晴的手握得更紧了。我咬着嘴唇，压低声音恸哭着。美晴对我说，豆沙先生就是不想让你这么哭泣，所以才静悄悄地离去的。只有这样做，豆沙先生才能让贵瑚的幸福与他自己的幸福得到两全。

"他一个人在那个地方死去，根本就不可能幸福。"

在一个小小的浴缸里死去，仅仅被两个人送行，到底哪里幸福呢？惹得母亲痛苦，离开时的样子也不是自己真正的样子，这绝不是他所期望的。

可能是太过用力咬嘴唇了吧，我尝到了血腥味。"快呼吸。"美晴对我说。

"不行，我已难以呼吸。"

蓦地吐出一口气后，因为空气在胸腔里急速更换，我一时哽住了。我"喀喀"地咳嗽几声后，52 翻了下身。不会把他吵醒了吧，我调整了一下呼吸，擦拭了眼泪。我用不再凉爽的啤酒润了下喉咙，然后做了一个深呼吸。

"给豆沙先生送行后，我将写给主税的遗书带了回来。当时主税就在我的房间里，见到我后，他立马开始殴打我。"

我认为他会杀了我。他的拳头直接打到我的太阳穴上，我瞬间倒地。血"哗"地从鼻子里喷涌而出，在空间里飞舞。主税抓住我的领口，把我拉了起来。"你去哪儿了？"他低声问道。

"难道我没有说过你就待在屋子里吗？你是去见那个家伙了吧。"

我的太阳穴和鼻子非常痛。流出的鼻血进入嘴里，一股腥味让我哽住。主税在我的耳边怒斥道："你不知道自己的立场吗？"我的耳朵嗡嗡作响。就像警笛似的，我脑中的某个部分突然闪现出这样的想法。

"你除了随便外出，还几天都联系不上。你是在耍我吗？"

"婊子。"他啐出一句，然后松开手。由于伤痛和恐惧而全身震颤的我，倒在了沾满鲜血的地板上。

"啊，对了。那个家伙就那么好吗？哈哈，你是不是和那个残次品做爱啦？"

"同性恋间的性爱，想必爽爆了吧。"主税露出下流的笑容，我的泪水已经决堤，似乎将要彻底干涸。我爱的男人是不会说出这样的话的。可是，都是我把他弄成这样的。而且，也是我把那个人弄死的。

"豆沙先生已经死了。"我这样说，同时因为血腥味不停咳嗽着。

"真的吗？"主税诧异地说。

"他自杀了，遗体是我发现的。"

我听到"咯咯咯"的笑声，把眼睛转过去，看到主税在笑。他摆出一副极其令人厌恶的表情，弯着身子，欢喜地笑着。这个场景，我只会在噩梦中见到吧。

"我将豆沙先生写给主税的遗书交给了主税。他一拿到遗书，立即走到厨房里，打开了炉子的火。"

真是难以置信。他读都不读，究竟为什么啊？主税撞倒了急匆匆想要抓住遗书的我，然后他把遗书放在了炉子上，遗书熊熊燃烧起来。随后，他将遗书扔进洗涤槽里。在银色的洗涤槽里，豆沙先生最后的心意刹那间变成灰烬。我飞奔过去，想要抓起它，但留有余热的灰烬已然无情地破碎。

"'太爽了。'主税笑着说。至此一切都结束了。他的笑容那样恐怖，我想我必须杀了他，于是我抽出菜刀。"

看到我抽出柳叶菜刀，主税的脸变得僵硬。在他说出"你要做什么"并将手伸过来之前，我已把刀架在他的肚子前方。恐怕是从我的表情上看出来我是认真的，他向后退了一步。

"'我要杀了你。'这样说着，我胡乱挥舞着菜刀。主税的脸立马变得铁青，'快住手！快住手！'他喊着。我只在那个时候，见到他竟然会有那么怯懦的神情。我心里想着一定要杀了他，但现实中还是做不到。"

可能因为他是橄榄球运动员，也可能因为我太过迟钝。他趁我不注意，想要从我的手中把菜刀抢过去。短暂的搏斗之后，他抢走了菜刀，也不知怎么回事，菜刀径直插进了我的腹部。

"主税大叫一声。我想着'啊，这下我要死了'，就倒地了。"

"……我记得新名似乎没有受一点伤啊。"

美晴有些不甘地说，我"呵呵呵"地小声笑了笑。

"那是当然了。我想要杀的其实是我自己。"

菜刀的刀尖指向的不是主税，而是我。

美晴的手剧烈颤动着，这只手正握紧我的手。

主税变了一个人，豆沙先生去世了，这些都是我的错。所以我才想要杀了自己。像我这样愚蠢的女人，就该去死。

"我想就算我没有在那里杀了自己，最终我也会在其他地方自杀。罪恶感会压垮我，让我无法活下去。可是，只要有一次靠近死亡，那种

'必须去死'的强迫性的观念就会奇迹般地消失。"

或许是一瞬间迫近了死亡吧，当我睁开眼，望着医院的天花板时，我没有一丝对死亡的渴求，只是有一种自己业已死去的感觉。

"之后的事就如美晴所知道的那样了。那时我没有心情把真相告诉大家。所以我就说，主税暗示他要跟我结婚，他一直在欺骗我的感情，最后当他提出要和我建立情人关系时，我跟他大闹，结果反被他刺伤。"

旁边房间里的住户听到了主税怒骂我、殴打我的声音。当该住户听到我大叫"住手，不要烧"时，他就慌忙报警了。据说，我倒地的同时，警察也来到我的房间里。主税说是自己刺伤了我，于是他就被警察带走了。

我恢复意识后不久，主税的父亲与律师就一起来了。他们提议要跟我私了此事，开出了数额惊人的私了金，我与他们达成谅解，并在文件上签了字。不过，我说我不需要这笔私了金，与儿子的身材一样健硕的主税父亲低下头说，希望我能用这笔钱，搬到远处去生活。他问我能不能搬到再也不会与他儿子见面的地方去住呢。他还说："与你相遇后，我的儿子变化很大。到了现在，他还执迷不悟地说，要和你修复关系。我感觉这样下去，事态会更加糟糕，所以你还是去远方吧。"

对死亡的渴求消失的同时，我对主税的爱情也彻底消散了。过去我痴迷于他，并对他奉献了一切，只有这一段记忆宛若一束干花，留存于我的心中。此时如果再与主税相见，只会让花瓣零落而已。所以，我接受了那笔钱。

"就是这样，我搬到了我外婆曾经住过的大分县。豆沙先生的死亡，终结了我的第二段人生。所以，我就觉得我要在一个没有任何人认识我的地方，按照自己的意愿，开始我的第三段人生……"

可能是说得太多了吧，我的喉咙极其干涩。我将玻璃杯里剩余的啤酒一饮而尽，然后轻轻地呼出一口气。

"虽然已经送走豆沙先生，但是直到现在我都不相信他已经不在了。我明明那么瞧不起豆沙先生，可一出什么事，我还是会呼唤他。豆沙先生只是不在我身边，我就这么痛苦，我为什么要让豆沙先生……"

我不断地质问自己。我为什么要让豆沙先生死去呢？能够倾听我的声音的人的声音，我为什么就是听不到呢？是我让豆沙先生在绝望中死去，这都是我的罪行，这是我一生都要背负的、永远无法洗刷的罪行。

美晴抱紧了我，她如此用力，使我几乎无法呼吸，此时她对我说："你很痛苦吧，一直以来都很痛苦吧。谢谢你告诉了我这些。请将你一半的痛苦分给我吧。从前，我、贵瑚和豆沙先生三个人总是有说有笑，现在什么都不能为你做，我也很痛苦。我什么都不知道，却责怪你，我真的很后悔。所以，请将你一半的痛苦分给我吧。你说那是罪行，那么请让我背负一半的罪责吧。"

我们抱在一起，恸哭不已。

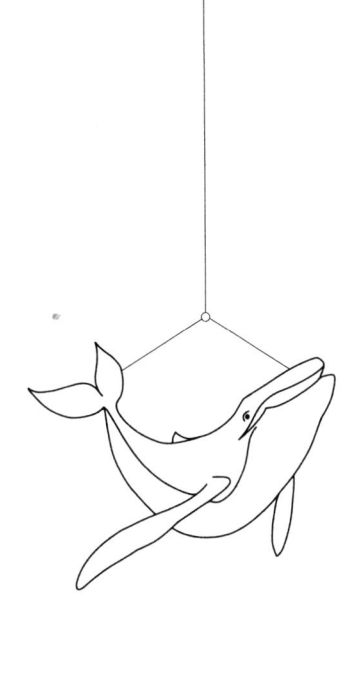

52赫兹的鲸鱼们

7 尽头的邂逅

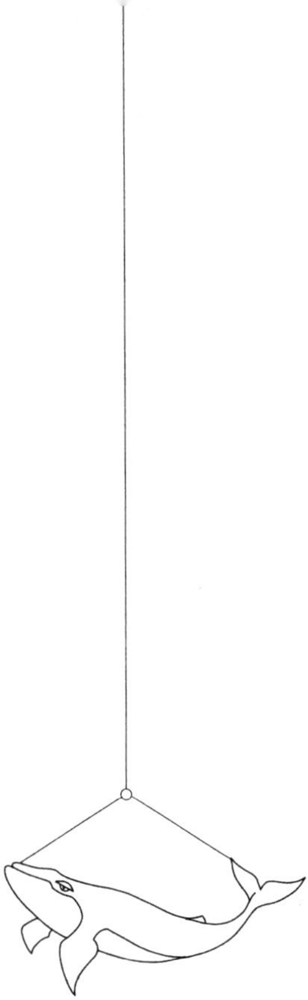

第二天我们离开了小仓。换乘几次车后，我们回到了大分县。眼睑微微有些浮肿的美晴，凝望着车窗另一侧的大海和大片云朵，笑着说："不愧是夏天啊！"同样眼睛浮肿的我笑着点点头道："是啊。"

向美晴坦白了所有的事后，我感觉自己一下子变轻松了。那个时候发生的事，似乎在我的体内不断膨胀，最终破裂了。多亏了美晴，我总算挺了过来。不过，我心中的罪恶感、丧失感并没有消失，只是我的心变得能够承载更多的东西了。

现如今，我最需要考虑的是 52 的事。他可以依赖的千穗姑姑和末长奶奶都不在了。要把 52 带到一个能让他安心的人的身边，真是非常困难。莫非只能联系警察或福利机构寻求照顾吗？现在只有这样的解决方式吗？

我们从最近的车站乘上出租车，回到了家里。仅仅外出了两天而已，我却不由自主地说了一声"终于回到家了"，看来我已经对这座老房子产生了依恋之情。

"首先，要换换空气。52，请把窗户都打开。"

美晴指示后，52 一言不发地动了起来。我不由得看看邮箱，发现里面有一张名片。取出来瞧瞧，原来是村中的名片。名片的背面写着："请火速联系我。"

"什么啊？"

说联系他，可是我没有联系他的工具啊。稍想了一下，我对美晴说："请把手机借给我用一下。"美晴就将手机递给了我。"你要办一下手机服务啊！"像是刚回忆起来似的，她怒道，"在这个时代居然解约手机服务，真是难以置信，是不是很不方便啊？"

"确实挺不方便的。抱歉，抱歉。"我向她道了歉，就按照名片上写的号码打了过去。响了几声后，传来村中的声音。我说了自己的名字后，他马上问我："你现在在哪里啊？你不在家是吧？到哪里去了？"

"什么，就为了这个事？"

来找我玩，发现我没在，就留下一张名片？为了这种事，写什么"火速"，真让人惊诧。

"现在流传说三岛女士诱拐了儿童。"村中快速说道，"品城先生说他的外孙被诱拐了。"

"啊，果然来这招了啊。"

我不禁这样说道。说是意料之中的事，也确实是意料之中的事。我也感觉事情会发展成这样。

"我清楚你不是一个会干诱拐这种无法无天的事的人。是不是出了什么事啊？"

"你能这么说，真是感谢。呃，这该怎么办呢？"

我边挠头边思忖着。美晴和 52 察觉到我不对劲，都走了过来。美晴歪着脑袋，不知道发生了什么。"好像我被当成了诱拐犯。"我说。52

的表情幕地产生了变化。"果然使用这招了啊。"美晴说。

美晴鼓起脸颊，问："该怎么办呢？"我考虑了片刻，向电话那头反复说着"怎么会这样呢"的村中问道："哎，我可以相信你吗？"

"希望你能相信我。"他立即回复说，"我也相信你。三岛小姐说的我都信。"

"……那么，你现在立马到我家来。注意不要被别人看到。"

通话结束后，我发现他们两个正盯着我。"我叫了一个本地的熟人来，他姓村中，我觉得我们可以信任他。"我将邮箱里的名片拿给他们看。

"详情等他来之后，再请他告诉你们。似乎是52的外公闹着说，我诱拐了52。"

"啊，不是他母亲说的啊？52的外公之前好像决定完全无视52啊？"

美晴这样问后，52点点头，然后从粗斜纹布口袋里拿出笔记本，潦草地写下："不用管我了。"

他还写了一句："我自己回去就好了。"

"'不用管我了'，什么意思啊？你不可以回去。你可不能自暴自弃啊。如果我也放弃了，我就不会叫村中来了。我还没有完全掌握与你有关的信息。村中是一直居住在这里的本地人，所以他对你的情况比较了解。或许他有什么好点子吧。"

我从52的手中将笔记本拿起来，并合上。随后，我把笔记本放到他的手掌上，他不满地把它放回口袋里。

"啊，对啦，要是他们知道我们已经回来了，那就糟了。快把玄关的门锁紧。门关了吧?"

美晴准备向玄关走去,在此之前,她摸了摸 52 的头。

"俗话说,三个臭皮匠,顶个诸葛亮。我们三个大人聚齐了,是不会眼睁睁地看着你哭泣的,你不用担心。"

美晴这样说了后,52 默默地消失在屋子深处。

打完电话大概过了二十分钟,村中来了。他谨慎小心地敲了门,我轻轻地给他开了门,他扭动身体钻了进来。随后,我立即关上门,锁好门锁。"不知道为什么,还有点小兴奋啊!"他开心地笑了笑。

"什么意思啊?"

我惊愕地说。"感觉像是进入了秘密基地。"他大方地说。我感觉他应该了解现在的状况啊。不过,我转念一想,觉得他说这句话,总比他用严肃的口吻说"你自己出面解决吧"要好得多。

"你先进来吧。"

我领着村中走进客厅。"咦,是个男人啊!"美晴突然发出惊讶的声音,"我之前料定是位女士,因为名字是'真帆'。"

"不,我是男的。这个名字是我的渔夫曾祖父起的……不过,也无所谓了。啊,初次见面,请多多关照。"

看着恭恭敬敬地鞠躬的村中,美晴说了句:"哦,我叫牧冈美晴。我和贵珊从高中开始就是好朋友。"我无视了他们之间的寒暄,直接拜托村中:"请说一下现在的情况,目前究竟怎么样呢?"

"哦,今天早上,品城先生来到我家,说自己的外孙不见了。琴美告诉他,住在山上的那个年轻女人把孩子带走了。于是,他过来找了找,发现没人。所以,他就说三岛女士带着他的外孙失踪了……这是诱拐。"

"为什么品城先生会去村中的家呢？"

"我奶奶在老人会里，把我来这里搞修缮的事告诉了大家，因为……她感觉自己的孙子被骗了。而且，之前我和你一起去吃饭的事，被老人会里的某个人看到了。所以，他们误以为我们在交往。"

我不记得我骗过他，而且仅仅一起吃顿饭罢了，这就算交往了？这是什么观念啊？看到我露出不悦的神情，村中鞠躬说道："对不起啊。我奶奶误以为我很受欢迎。她就是个盲目爱孙子的蠢奶奶。"

"这个事也无关紧要。品城先生报警了吗？"

"没有，他说再等等。他还说，只要外孙能回来就行。"

我和美晴对视了一下。要是警察介入，感到焦虑的应该是琴美他们吧。

"那么，你们把实情告诉我吧。到底怎么回事，琴美的孩子究竟在哪里啊？"

村中环视了一周屋子。"你出来吧。"我说了一声，"没关系，这个人不可怕。"

拉门被轻轻拉开，52提心吊胆地从旁边的房间里探出头来望望。可能是有些紧张吧，52面无表情。"咦？"村中喊出一声，"与琴美……他母亲年轻的时候很像啊。我姓村中，请多多关照。你……好像没办法说话，是吧？"

村中这样说后，我代为回答："是的。目前我们姑且称呼他为52。"村中露出不可思议的表情。不过，村中也没细问，取而代之的是微微一笑。

"我不是坏人,所以你不用那么戒备。但你要是觉得害怕,就站在三岛小姐的身后,我的手肯定伸不到那里去。"

52慌慌张张地坐在我的身后。等52稍微平静下来,我对村中说:"这个孩子要花很长时间才能熟悉陌生人。"村中回复说:"我姐姐的孩子也非常认生,说我像纸糊的老虎,很可怕,每次见到我都会哭。"他的自白带着哀愁的语气。"纸糊的老虎"究竟是什么意思啊?真是很难理解孩子的感受。对于村中所说的,美晴忍不住"扑哧"笑出声。

"那么我们进入正题。我是绝对不会把这个孩子交给琴美和品城先生的。"

我毫不犹豫地说了后,村中的表情变得严肃起来。

"这个孩子一直遭受琴美的虐待,而品城先生却装作没看见。几天前的一个深夜,这个孩子逃到我这里,向我这个偶然认识的人求救。他的头上还被泼了番茄酱。"

"虐待……"

瞪大眼睛的村中将视线转向我身后的52,此时52紧紧地抓住我的衣服下缘。之后,我向村中讲了知道52可以笔谈后我就开始与52交流,以及我向琴美申请我要用心照顾52的事。还讲了我们三个去北九州的事。对过去就熟知琴美的村中而言,这样的冲击过于猛烈,他减少了对我的应和,刚才的从容不迫也已消失了踪迹。

一番讲述结束后,美晴为大家准备好凉麦茶。

村中"咕咚咕咚"一口气喝完了。随后,他看着52,像是下定了决心。"我并不怀疑三岛小姐说的话,"他先说了这样的开场白,"不过,能让我看看他的身体吗?"村中低下了头。

"难以相信,不,应该说我不愿相信这是事实。怎么可能会这样呢?"

我转过头去望了望52,他迅速原地站了起来,随后,他脱了我给他的那件T恤,结果我们看到他的身上到处都是伤疤。美晴移开了视线,村中的眉间出现了深深的皱纹。村中沮丧地低下头,无力地说了声"抱歉":"抱歉,让你做你不喜欢的事。"

52又安静地穿上了T恤,我问:"这样你相信了吧?"村中一边握紧手中的玻璃杯,一边点点头。

"嗯,看到这个孩子这么果断,我也没什么可怀疑的了。品城先生曾说这个孩子是个无法管教的野孩子,还说他不能理解语言以及其他东西,是个不可救药的孩子……哦,原来是这样啊。"

犹如自言自语地说着这些的村中不禁倒吸一口凉气。随后,他不禁苦笑。

"之前,我有跟三岛小姐聊过。不过,那时我稍微改变了措辞,要是实话实说,那就是品城先生对于能力低下者一向冷漠无情。"

果然如此,我想。我也感觉到他是这样的人。

"我们毕业之后,他待人接物的态度也发生了改变,我们就觉得他其实是在针对我们。不过,我有一个离开这里的朋友说,那个家伙啊……有洁癖。他只想看漂亮的东西,绝不允许污秽的东西进入自己的眼睛。只要不在自己的视野里,怎么样都行。他绝不允许不洁的东西来玷污他的眼睛。"

这样的一个人,不难想象他不会承认无法说话的52是他的外孙。即便这样,他怎么能对自己女儿的虐待行为装作没看见呢?

"咦？可是，作为优等生的琴美高中时就怀孕了，之后还离开了这个小镇。这些他都默许了吗？"

我觉得他知道了还是学生的女儿怀了孕，肯定会逼她堕胎的。怎么会眼睁睁地看着她退学呢？我不禁产生了疑问。

"我奶奶也许知道事情的来龙去脉，"此时村中说道，"她之前一直担任老人会的会长，八十岁时退了休。这个小镇上的事，她都知道。"

传言中的，不，对别人说我闲话的村中的奶奶，竟然有这样的一段人生经历啊。不过，我想着这附近的人际圈真是小，各种关系交织在一起。这时，村中开口说："我问问我奶奶吧。"

他又说："我奶奶对品城先生的前妻——也就是琴美的母亲的事很了解。琴美的母亲是小学老师，没听到她有什么不好的传闻，感觉是位好老师。不过，她没有担任过我的老师，所以具体的我也不清楚。"

"这样啊……你说的也就是 52 的外婆吧。他们什么时候离婚的？"

"我完全不记得了。我对琴美的事也没那么感兴趣。"

村中这样说着，语气中带有歉疚之意，然后他挠挠头。

52 的外婆会像他的奶奶一样是个好人吗？思忖片刻后，我觉得再怎么烦恼也于事无补。

"可以带我去见见 52 的外婆吗？"我下定决心后对村中说道，"我必须找到一个能让 52 感到安心的地方。为此，我没有闲暇去烦恼。请让我见见 52 的外婆，我想直接和她对话。"

村中面露惊诧之色，他吞吞吐吐地说："可是……那个……我奶奶这个人有些毒舌。她可能会说些失礼的话，不过，如果你觉得没关系……"

"没事没事。请带我到你家去吧。"

我不停拜托后，村中点点头。

"我奶奶要是能站在我们这一边，那我们的势力就变强了。也不知道最终会怎么样，52，你要去吗？"

52拉着我的衣服，一脸不安。"没关系的。"我笑着说。

村中的家就在近藤百货店的对面。一栋日本传统式大房子，有一扇气派的大门，我们不禁觉得村中似乎还是个大少爷。美晴直白地说了后，村上回答道："不，房子只是有些年头而已。我爸是农协的一员，我妈在近藤百货店副食处打零工。白天只有我奶奶一个人在家，所以可以慢慢地跟她聊。"

在村中的引导下，我们来到了玄关处。一面陈旧的大渔旗跃入眼帘，似乎是在迎接我们。这面大旗具有一种压迫之势。"这是我曾祖父的遗物。"村中说。

"奶奶，我回来了，我是真帆，能稍微跟您聊聊吗？"

向屋内打了招呼后，屋内传来一声"有什么事啊？"，声音低沉，同时听到脚步声。从暗处走出来的是一个头发染成紫色，并留着小波浪短发的老奶奶。她穿着一件木槿花纹的穆穆袍。

"啊，简直太有个性了。"

美晴小声说了一句，我用胳膊肘撞了撞她的侧腹。"不请自来，非常抱歉。"我向村中的奶奶鞠了躬，"那个，我……"

"哦，是你啊，你就是住在山上的那个女孩吧。我在近藤百货店见过你一次。"

在我做自我介绍之前，村中的奶奶抢先说道。她打量了我一番，然后嗤笑了一声。

"看吧，果然是她的外孙女啊。大家都说不是不是，看来是他们的眼神不好。多像啊，这一副大有隐情的神色，和那个女人一模一样啊。"

她的措辞让我火大。不过，在现在这个情况下，不方便介入到她们老年人过去的纠纷中。村中的奶奶注意到躲藏在我身后的 52。"为什么要把这个孩子领到我这里来？"她用沙哑的声音大声说道。

"你快把他带到会长先生家里去吧。会长先生正可怜巴巴地担心着他呢。"

"关于这个事，想和您聊聊。"

村中说完后，村中的奶奶眯起眼睛，说："你不工作吗？与女人纠缠在一起，就准备旷工吗？这一点和你爷爷真像。这可不行啊，真是的。"

"工作嘛……先不管它了。总之，三岛小姐来，是有些事想问您。拜托了！"村中低下头。

村中的奶奶望向我。她的目光像是对我进行估价，停顿片刻后，她转过身说了一句："这边走。"随后，她慢吞吞地向屋内走去。村中小声说了句"请进来吧"，于是我们低头说"打扰了"，就走了进去。

我们被带到一个可以环视宽敞庭院的佛堂。村中的奶奶坐在檐廊上，努嘴对我们说："你们就随意坐在那边吧。"之后，村中只简单说了个"茶"字。他恭恭敬敬地走开了，似乎去准备茶水了。虽然最开始就对村中的奶奶说了"提前交代下，有些事比较揪心"之类的略显强势的话，但我还是隐隐觉得要坦白那样的事确实有些勉强。

"那么，你们要聊些什么呢？"

村中的奶奶这样问后，我大吃一惊。"直截了当地说，这个孩子被自己的母亲虐待了。"我说道，"他的外公品城先生，对于自己的女儿对孩子施暴，以及放弃抚养，都装作没看见。所以我觉得我不能把这个孩子还给那两个人。"

村中的奶奶瞟了一眼我身旁的52。端坐在那里的52，精神恍惚地承受着村中的奶奶的视线。她盯着52问："所以呢？"

"所以，我要寻找能好好地抚养这个孩子的人。这个孩子的奶奶和姑姑之前抚养过他，我们有去寻找她们，不过发现她们都去世了。所以，我们觉得他没有可以依赖的人了。不过，后来村中……先生说，他的外婆还在。"

"昌子女士吧？"村中的奶奶说完哼了一声。随后，她从穆穆袍的口袋里拿出烟盒。正当她想要麻利地用打火机点火的时候，52跳起身，躲到我的身后。村中的奶奶目瞪口呆地望望自己的手，又望望胆怯的52，于是她默默地将烟盒放回口袋里。

"哦，这样啊。此前问他关于他外孙的事，他总是说相同的话，我就觉得有些奇怪。即便我说，为了增加孩子的社会经验，可以带他过来玩啊，品城先生也还是说，那孩子像猴子一样顽皮，不方便领来。原来是这样啊，对会长先生而言，比起外孙，还是琴美更招人怜爱啊。"

"哈哈。"村中的奶奶笑了笑，再次将视线投向庭院里。

"琴美也是个可怜的孩子啊。"

她望着庭院，像是自言自语似的这么说。

"那个孩子，生下来就很漂亮。一天天地长大后，越发成了一个优秀的孩子。会长先生很溺爱这个孩子，像对待公主一样抚养她。可是，昌子女士说，这样下去，她就不可能成为一个真正的大人。昌子女士想要更严厉地对待她。因为这个事，昌子女士经常与会长先生吵架。听说为了琴美，会长先生还动手打了昌子女士。这个好像是琴美升入初中后的事。虽然昌子女士强烈反对，但在琴美的央求下，会长先生还是给她买了手机。零花钱也是很早开始就大量地给她。这样肯定不行啊。之后，不知什么原因，琴美认识了福冈的一位年轻男子，他们就私奔了。"

"真的假的？"

因为惊愕而大喊起来的是端来茶的村中。他手中端着的托盘似乎都要掉了，只见他"吧嗒吧嗒"地动着脚。村中的奶奶皱着眉头说"你太不冷静了"，然后敲了敲自己前面的地板，似乎在说"把茶放这里"。总算阻止托盘落地的村中，直接放下茶杯，脸上依然一副愕然的表情。

"两天，不，三天后，琴美哭着打来电话，说想要回来，于是会长先生和昌子女士就慌慌张张地去福冈接她了。虽然不知道琴美在福冈经历了什么，但大体可以想象出来。昌子女士责难会长先生，说这都要怪他太溺爱孩子了。不过，会长先生翻脸说，都是昌子女士管教太松了，而且，他还固执地认为这些都要怪琴美没有从昌子女士那里得到足够的爱。昌子女士觉得这太无理取闹了，说了句'我们离婚吧'，就一个人离家出走了。"

茶杯里冒着热气，村中的奶奶喝了一口茶后，不禁唉声叹气。"简直难以置信啊！"村中一边说着，一边将凉麦茶放在我们的面前。

"之前我根本都不知道这些事啊。"

"不可能说啊，要是传出去了，会让琴美受伤，所以大人们都闭口不提。"

她又啜饮了一口茶水，说："之后，会长先生就放弃琴美了。他曾悠闲地笑着说，无论那个孩子做了什么，都让她自己善后吧。他还说，就让琴美过一种没有任何束缚的幸福生活吧。所以，他既没有痛骂琴美，也没有因为事态的发展不符合预期而感到悔恨。但这才是可怜之处，那个孩子在离开了一直呵护自己的父亲之后，才第一次了解到世间理所当然地存在着一堵高墙。如同水痘和流行性腮腺炎必然会在小孩子的身上留下痕迹一般，一些事长大后才醒悟，是非常痛苦的。所以，琴美确实是个可怜的孩子啊。"

这浸透了悲悯的话语，让我回忆起琴美的脸庞。那衰老的面容，凸显了她特有的艰辛。但不能因此就虐待孩子啊，我不禁感到悲哀。

"琴美大概也是走投无路，所以回来了吧。可是除了会长先生会宠爱琴美，其他人谁会怜惜一个上了年纪的、失去公主气质的女人呢？她虐待孩子，恐怕是将生活不顺造成的压力，转化成针对孩子的暴力吧。无论到什么时候，她都想成为被宠爱的那一个吧。"

以前跟琴美交谈的时候，她深信村中对自己有好感，所以说话不免有些滔滔不绝。这大概就是在索求朝向自己的爱吧。

"一个人最初是索取的一方，不过早晚要成为给予的一方。不可能永远都只是索取。即便成为父母，也依然是这样的。可是那个孩子却不懂这个道理，一切都无法挽回啊。"

村中的奶奶非常遗憾地说。她的话也刺痛了我的心。

"好了好了，说说昌子女士的事，她现在住在别府。"她边说边站了起来，"直到现在我们还互相寄贺年卡。今年她似乎也寄来了。放在哪里了啊？"她走到佛龛的旁边，在柜子里翻找着。她找到一个涂了漆的文卷匣，并从里面取出一沓贺年卡。

"真帆，你找找。应该写有'生岛'这个姓。"

"啊，好的。"

拿过那一沓贺年卡后，村中找了找。就在这时响起了汽笛般的声音，好像是村中家的门铃声。村中停下翻找的手，向玄关走去。留在屋内的我们无所事事地眺望着庭院。此时传来争执的声音。

"请保持冷静，品城先生！"

"你在说什么啊？你们可是诱拐了我的外孙！匹田告诉我，你的车里坐着年轻女人和一个孩子。"

争执的声音不断靠近，52藏在了我的身后。美晴走到我的身边，我们俩挺胸抬头誓要保护52。

冲进来的是品城先生。他满脸通红，气喘吁吁。村中的奶奶平静地说"会长先生，您这也太失礼了"，但似乎没有听进他的耳朵里。品城先生指着我，唾沫横飞地怒骂起来：

"你们果然在这里！你，是不是姓三岛，快把我外孙还给我！"

"我跟您女儿说过，我会好好照顾这个孩子的。她让我爱怎么样就怎么样。"我大声喊道，音量不输品城先生。

"笨蛋！"他啐了一句，"你们就像对待猫狗一样对待孩子吗？孩子不见之后，我女儿说要去找他，就离家出走了。"

离家出走？我歪歪脑袋。村中的奶奶问："她离家出走啦，不见啦？"品城先生扭曲着脸点点头。"会长先生，她该不会和男人逃跑了吧？"村中的奶奶用惊诧的语气说，"听说最近在吉屋的停车场里，经常停着一辆熊本牌照的车，那大概就是琴美新认识的男人的车吧。琴美把自己的孩子推给这位女士，然后逃走了。"

"怎么会呢，怎么可能有这样的事呢？只要找到这个孩子，她一定会回来的。"

"回来虐待他吗？"

我这样问后，品城先生大吃一惊，随后狠狠地瞪着我。

"你在说些什么啊？"

"我是问您，您是要让琴美女士回来虐待这个孩子吗？您是要让他回到被虐待的那种生活里吗？"

品城先生的手颤抖着，并慢慢地伸向我。我的头脑里闪过一个念头，就是此时他应该会打我。我可以承受他粗暴的拳头。即便被打也无所谓，只要我身后的这个无依无靠的孩子安全就好。

"琴美绝不会做那样的事！琴美只是在管教这个孩子。"

"管教？就是把烟头按在这个孩子的舌头上吗？"

品城先生停下了脚步。"太残忍了。"村中的奶奶摇摇头。

"那……那样惨无人道的事，琴美是不可能做的！这都是你们编造的。"

"我得到了证言，这孩子不能说话，是因为三岁的时候，舌头被烟头烫了。"

我这样说后，美晴拿出手机说："现在就可以打电话请对方证实，您觉得如何？"品城先生大吼着："谎言！谎言！怎么会呢？她绝不可能做出那样的事！"

随后，他又大吵道："你们尽说谎！给我闭嘴，闭嘴！"

品城先生面红耳赤，想要猛扑过来抓住我。52 在我的身后小声尖叫着，为了庇护我，他挺起胸膛。就在一双衰老的手将要抓住我的头发的时候，村中把品城先生压制住了。

"好了好了，品城先生，请保持冷静，我们姑且先坐下，好吗？"

村中想要品城先生坐下，品城先生此时扭曲着身子。

"你小子在干什么啊？你也相信她们说的？你不相信我和琴美吗？"

"您之前不是说过吗？只有敢于直视别人的眼睛说话的人，才是堂堂正正的。她们正睁大眼睛看着您，但您却没有望着她们任何一个人的眼睛。"

村中这样说了后，品城先生把目光投向我和美晴。我们定定地盯着他，他却移开了视线。之后，村中半强制性地让他坐下。我似乎无意识地中止了呼吸。等到我呼呼地喘气之后，我回头瞧了瞧52。52的身体微微颤抖着。他蜷缩着身体，抱膝坐在那里。"没关系。"我坚定地说，"我绝对会保护你！"

52轻轻地抬起头，不安地凝视着我，与此同时，村中的奶奶问道："会长先生，您知道琴美的联系方式吗？您现在立马给她打电话让她过来。我作为调停人，大家就在这里把话说清楚，怎么样？真帆，把手机借给他。"

奶奶这样说完，村中从口袋里拿出手机，并递给了他。品城先生呆呆地望着村中手中的手机，无力地摇摇头。他弓着背，身体蜷缩变小。

"我哪里知道她的联系方式啊？！她说找孩子需要钱，就搜刮了家里的钱，坐着男人的车走了。"

品城先生垂下头，他的身体仿佛一秒一秒地枯萎了。

"我要阻止她，那个男人就打我。琴美坐在副驾驶的位置上，根本不往我这边看。"

品城先生深深地呼出一口气，似乎将灵魂呼了出来，然后他抬起头。刚才他因盛怒而鼓胀的脸，恢复到一个有气无力的老人应有的状态。他的白眼珠如此浑黄。

"村中女士啊，村中女士啊，我该怎么做才好呢？明明那么用心养育她，她却变得这么邪恶，这岂止是从斜坡上滚落下来啊？简直就是坠入深坑啊！我原以为她终于回来了，她没有抛弃我，结果她却像对待狗崽一般，殴打、踢踹这个孩子，还用污秽的语言辱骂他，让人只想捂住耳朵。那也许不是琴美吧。向我扔了泥巴后立马逃走的事，琴美是不可能做的。对了，或许是这样，那个肯定是与琴美长相似的某种生物吧。"

"那就是您的女儿啊。在不抚养自己的孩子这一点上，你们确实相似。"像是豁出去了似的，村中的奶奶无所顾忌地说，"琴美抛下这个孩子走了，也算一件好事。否则，这个孩子很有可能什么时候被琴美杀了。您那宝贝女儿琴美，恐怕会残酷地杀了自己的孩子。"品城先生一言不发。

过了一会儿，品城先生恢复了冷静，我想要和他谈谈 52 今后的事，他不断重复："不清楚。"

他还说："我没有照顾过孩子。琴美那个时候，是她那还活着的姐姐照顾的。现在她姐姐已经去世了。而且，这个，这个虫……这个孩子什么都不会干啊！所以你问我以后该怎么办，我也不清楚啊！"

他甚至没有叫出 52 的名字，只是用手指着 52，叫着"这个孩子"。之前都没有厉声说过话的村中的奶奶，怒斥道："够啦！凭你这愚蠢的表现，你怎么能自以为了不起地让大家称呼你为'老师'呢？你难道要做一个对自己唯一的外孙见死不救的混蛋吗？"品城先生只是小声嘟囔着，村中看不过去，说："品城先生，您今天还是先回去为好。"

村中继续说道："我们原本计划去见见琴美的母亲。您作为这孩子的监护人，如果我们之后有什么需要，请帮助我们。拜托了！"

村中鞠了躬，品城先生点点头："嗯，知道了，知道了。"大致这种程度，他没有再说什么，不愿意吃一点亏。

"没关系吧。感觉状态有些奇怪啊。"

美晴小声说，村中的奶奶似乎听到了，说了句："他在装糊涂罢了。"

村中的奶奶又说："他总是重复一些自夸的话，还把很久以前吵架的事拿出来发怒，在老人会里这已经引发了问题。大家都在说还是让他辞掉会长的职务为好。"

之后，村中的奶奶对我说："现在快傍晚了，明天我们再去昌子女士家。由我来提前联系昌子女士。这个孩子先让他待在你家可以吗？"我抓起 52 的手，说："当然没问题。"

52 在听到自己的母亲已经离家出走的时候，以及自己的外公看都不看自己一眼就要离去的时候，脸上没有露出任何表情，只是站在我的身边。既没有悔恨，也没有悲哀。他仅仅是目不转睛地看着眼前发生的事。他的感情波动，只发生在他感觉可能要遭受暴力的时候，只在这个瞬间，他会产生畏惧，仅此而已。

从知道千穗姑姑去世的消息开始，这个孩子就把自己的感情静置在远处的某个地方。他仅仅站在那里，露出一副没有任何期待的表情。

"孩子，你肯定很累吧？今天你就好好休息吧。明天那个哥哥领你去你外婆家。"

52就像听了几句无意义的话似的，点了点头。

这晚，52在我家过夜。美晴翻了翻壁橱说："果然没有被褥啊！"刚说完她就立即让村中开车带她去永旺超市，买了三套夏季凉被回来。问她为什么买三套，她淡定地说："明年我要和匠君一起来啊。这里临近大海，夏天只能来这里啊。哎，52，有一个名叫'匠'的哥哥人很好，你们要见面了，你们肯定能成为好朋友。"52模棱两可地点点头。

一时被美晴驱使的村中也回家了，于是我们三人吃了饭。之后，我们从北九州的料理哪个最好吃，一直聊到村中的奶奶的穆穆袍，最后话题回到村中身上。"有个男人能帮贵瑚真是好啊！"美晴感慨地说，"需要男劳力的时候，他往往都能在身边吧。看到他被他奶奶各种使唤，感觉他还有点可怜呢。不过，这种类型的男人可是最好的。"

"那个，我和村中不是那样的关系。这次只是不得不有求于他而已。"

我想绝对不能让美晴知道村中曾说过想要和我关系变亲密的话。现在，不，以后我都不会对这样的话题有热情。美晴似乎理解了我的心意，没有再多说什么。

吃完饭，美晴立马钻到刚买来的被子里安然睡去。我真是给美晴添了大麻烦。瞟了一眼她那口水滴下的睡脸，我对52说："我们也睡吧。"

在空调吹着冷气的房间里，我的床、52的被褥、美晴的被褥如一个"川"字般排列着。长明灯熄灭后，月光透过窗帘的缝隙流泻进来。

"晚安。"

我闭上眼睛，但怎么也睡不着。明天我们要去见52的外婆，商量今后的事。如果可以，最好能请她将52领去抚养。如果勉强的话，就请她介绍其他亲戚？如果还是勉强……那就只能送去福利机构了？不，我最好还是相信52的外婆是个善良的人，她会很高兴地把52领去抚养。

可是，总感觉哪里不对劲。52信任的人去世了，现在他被大人们踢来踢去的。我会目送着这样的52到达一个可以安定下来的地方，不过，这真的好吗？

这样想着，我变得兴奋起来，愈加睡不着了。村中说，明天一大早会来接我们。他还说，对方可能话说起来就长了，所以我们必须早些睡。我拿起放在枕边的MP3播放器，把耳机插入耳中。按了播放键后，我闭上眼睛。已经持续听了很多年的声音，再次缓缓地将我引向睡眠。

我做了一个梦。

两头大鲸鱼在海中游着。明明是光线照射不到的大海深处，不知为何却如此明亮。无数的光之气泡，从海底涌了上来。我站在远离鲸鱼们的地方，凝望着悠然游动的它们。我手脚挣扎着想要靠近鲸鱼们，然而我们之间的距离没有缩短一毫米。

一头鲸鱼开始吟唱。回音般的歌声高扬而来，声音的震颤化作美丽的金环。金环向四周扩散，渐渐融入海水中。这是在澄澈的深蓝中扩展的金色。但在这美丽的光景中，我不禁因为看得出神而停下身体的挣扎。金环时而变大变粗，时而变小变细，正向我的头上扩散来。

就在金环通过我头顶的瞬间，我觉察到金环幻化成人声。

"黄豆粉小姐。"

我惊愕地回头看，发现金环已不在我的近旁，而是摇曳着向远方扩散去。我一边目送着远去的金环，一边想道：刚刚我听到了令人怀念的、温柔的声音。

是豆沙先生吗？

刚才的声音是豆沙先生的吗？或许是豆沙先生转世成鲸鱼了吧。那是一头等待着被聆听的、孤高的鲸鱼。怎么会呢，不可能有这样的事啊？他之后肯定会成为在群落里幸福高歌的生灵啊。

"黄豆粉小姐。"

一个新的金环又从我的头上经过。我转过头，目光追随着它，随后，我向鲸鱼呼喊道：

"豆沙先生吗？是豆沙先生吗？"

我的声音没有颤抖。它没有产生金环，因此无法传达给鲸鱼。那么，那就是豆沙先生吗？所以我的声音才无法传给他。

"对不起，豆沙先生。我真的很在乎你。"

即便我哭喊着，我的声音也依然难以传给他。此时，另一头鲸鱼开始引吭高歌。果然出现了金环，并向我这边扩散而来。我用力伸开手脚，想要让整个身体接住这个金环。金环向我径直飞来。金环不断靠近，在触碰我的瞬间迸散。

"请救救我！"

可以清晰地听到这个声音。它的音量如此之大，不仅是耳膜，我的整个身体都像有电流通过似的颤抖起来。我猛地从床上跳了起来，这里是我幽暗的寝室，我的后背汗淋淋的。

"是梦啊。太吓人了……"

我用尽全力呼出一口气，然后无意间向床下瞟了一眼，我不禁倒吸一口凉气。52 的被褥如同一个空壳。

"哎，去洗手间了吗？"

虽然这样想，但我的心"扑通扑通"地跳，我有种不祥的预感。为了不吵醒美晴，我蹑手蹑脚地离开了寝室。这时我的脸颊感受到有风吹来，仔细一看，发觉应该好好上了锁的玄关拉门，被稍微拉开了一些。刹那间，我不由得起了鸡皮疙瘩。

我穿上拖鞋，从玄关飞奔出去。月光明亮，能很容易地看清道路。52 到底去哪里了呢？我望望四周，直觉告诉我他去海边了。于是我沿着小道一路狂奔。

白天看到他那张绝望的脸，他应该是做好了赴死的心理准备吧。可能是他觉得他渐渐失去了一切，所以变得生无可恋了吧。绝对是这样的，那个神情，就和当初想要去死的我是一样的。我怎么就没有留意到呢？

"不要啊，不要啊！"

我一边拼命飞奔着，一边因为惊恐快要哭出来。就在这时，我的脚被绊了一下，我摔倒在地。我没来得及伸手，所以脸砸在了地上。右脸就像被削掉一块似的，产生了剧烈的刺痛，我皱皱眉头，爬起来继续狂奔。

"请不要离开我，拜托了，请不要离开我！"

我讨厌人们以这样的方式离开我。我绝对不要再失去任何人。

沿着渔老板家的围墙绕了一大圈后，我看到在被月光照亮的海堤上，有一个人影。

我边跑近海堤边喊着，这时那个人影慢慢地回过头来。果然是52，他注意到是我后，摇了摇头。他摆出一副将要跳入海中的样子，我大喊"不要啊，不要啊"，制止了他。

"不要去死啊！拜托了，不要啊！"

我抓着梯子爬了上去，52在海堤上跑了起来，想要逃走。月光再怎么明亮，在海堤上这样不好下脚的地方跑，也很容易掉下去。这里的海水深吗？掉下去没事吧？我弄不清楚事实究竟是怎样的，与天空不同，夜晚的大海漆黑一片。如果不慎掉下去，肯定会被拖拽到海水深处而窒息死亡吧。

"你要和我一起生活吗？"

我这样大喊后，52停住了脚步。他大吃一惊地回过头来，月光照在他的脸庞上。他睁大眼睛，像是看到了难以置信的东西。我大声喊道：

"和我一起生活吧，我们两个人一起生活在那个房子里。"

我用未曾尝试过的迅猛速度飞奔而来，不由得上气不接下气。我的心脏剧烈跳动仿佛要迸裂开，脸颊上的伤一阵阵地作痛。我"呼哧呼哧"地呼着气说："我已经想过了怎么样才是最好的。我不是说过嘛，要聆听你的声音，所以我觉得把你托付给某个人来解决这个事是错误的。另外，我也希望能待在你的身边。怎么样？我们两个人一起生活下去吧！我不是一个多么了不起的大人，也没有什么优势让你惊叹，但我会努力和你一起成长。"

我拼尽全力这样说着。52为了试探我的真实意图，目不转睛地盯着我。他露出一副不再信任他人的表情。"我说的都是真的。"我补充道,"我希望能待在你的身边,我渴望能看到你遇到你应该遇到的人。"

52不可思议地眨了眨眼睛。看到他那困惑的神情,我微微一笑。"哎,你知道灵魂伴侣吗?"我继续说,"这个事也是别人告诉我的,那就是每个人都有一个灵魂伴侣,一个让你倾注爱、给你倾注爱的、唯一的灵魂伴侣。你绝对也能遇到这样的人。在你遇到你的灵魂伴侣之前,我会一直守护着你。"

过去我反复思量、死守不放的话语,终于在舌尖鲜活地复苏。我的泪水潸然而下。

"豆沙先生,喂,豆沙先生。"之前,向我传来声音的鲸鱼里,有一头就是豆沙先生吧。最后的最后,我还能听到豆沙先生的声音。豆沙先生又一次帮助了我,为我和这个孩子指引了新的人生方向。

虽然我不能让你幸福,但我绝对可以让这个孩子幸福。唯有这个孩子的声音,我会一直一直聆听下去。所以,虽然我不能请你原谅,但至少请让我守护这个孩子。

"我来保护你,我们回去吧。"我伸出手,饱含爱意地呼唤着他的名字,"我们一起回去吧,爱。"

我看到,月光下,他的身体猛烈颤抖着。之后他仰视夜空。在海涛声回响的世界里,传来"啊啊"的声音。"啊啊,啊啊——"爱弯下身子,大声叫着。他的样子就像在与什么搏斗似的。我伸出手,注视着他。爱擦拭了横流的泪水,望着我大声喊道:

"黄豆粉小姐!"

清清楚楚地喊了出来。声音有点像豆沙先生的声音,不过,这就是爱的声音。

"爱！"

"黄豆粉小姐！黄豆粉小姐！"

爱跑了过来。他用力张开双臂来拥抱我，我用这个身体搂住了他。我的手臂真切地感受到了力量与温煦。我用力抱紧他，这时我号啕大哭起来。

我又一次体验到命中注定的邂逅。第一次是请对方倾听我的声音，第二次是我聆听别人的声音。这两次邂逅，以及从邂逅中获得的喜悦，我绝不会忘却。

远处传来震击地面的巨响，抱在一起的我们不禁错愕。我们擦擦眼泪，向海岸线那边望去。

"不会吧……"

我们看到一个巨大的尾鳍，在扬起水花的同时沉入大海。

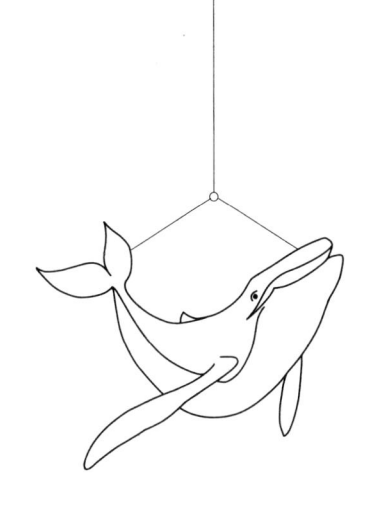

52赫兹的鲸鱼们

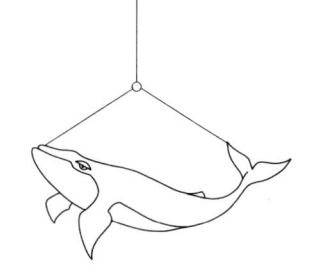

8 — 52赫兹的鲸鱼

○

琴美的母亲昌子女士告诉我，从现实情况来看，我要和爱生活在一起是极其困难的。

昌子女士似乎是一个一丝不苟的人。据说她与品城先生离婚后，回到了娘家所在地别府，现如今她与再婚的丈夫和几个朋友经营着一家儿童食堂。在她的大房子旁边，有一栋建筑，上面悬挂着一个招牌，招牌上写着"小昌食堂"。

"接到幸惠女士的电话后，我感觉像是做了一场噩梦。这样的事简直匪夷所思。不过，他长得确实很像当年我离开时的琴美。明明长得这么像，那个人以及琴美居然会做出那么残忍的事……"昌子女士望着爱说道，"太可怜了。"她的丈夫秀治先生似乎是一个易落泪的人，祖孙二人的再会让他呜呜痛哭。他们没有生育孩子，当我讲述了事情的来龙去脉后，秀治先生说他非常想把爱领来抚养。"领来抚养是理所应当的。"昌子女士也点点头，"虽说那个时候我是无计可施，不过中途就抛弃了琴美，让我非常懊悔。此前，爱过着悲惨的生活，这也要怪我。我有义务好好地把爱抚养成大人。"

他们说他们熟知领养制度，之前也曾多次短期收留过孩子。我觉得这么善良的两个人，应该没问题，但爱却摇摇头。

昨晚，我跟爱说我们两个人要一起生活。所以，爱并不想去见昌子女士。不过，村中的奶奶——幸惠女士，已经为我们联系了对方，而且我觉得多几个人帮助爱也挺好的，所以把他领了来。

可是，当我讲述了之前发生的事，并表示希望和爱住在一起的时候，昌子女士的声音变得尖锐："你在说什么啊？"

她继续说："你能把一个和你没有任何关系的孩子领到这里来，我发自内心地表示感谢。我觉得你是一个善良、优秀的女性。不过，一码归一码。根据你所说的，你与爱相识的日子尚浅，这也不是靠一时的感情冲动就能解决的问题。"

"想法太天真了。"昌子女士抛出一句。爱对着昌子女士不停摇头表示拒绝，但没能说出一句话。昨晚，他简单说了几句话，但要达到流畅自然的水平，还需要时间。他几次想要脱口而出，但都无法顺利操控舌头。坐在开往这里的车上，他也想要强迫自己发声，却只能干咳。

虽然说不出来话，但他固执地摇着头，看到这种情况的昌子女士皱起眉头，叹了一口气。

"我很理解爱的心情。那么，我们来梳理一下。你们知道的太少了。"

根据昌子女士所说的，作为必要的手续，我之后首先要与琴美争夺抚养权。琴美确实很有可能突然回来，然后声称自己才是爱的母亲。如果法院顺利认可了琴美丧失抚养权的申诉，那么接下来就必须寻找作为替代的抚养者。

"虽然国内有未成年人监护制度，三岛小姐当然也可以申请，但是，说实话，三岛小姐想申请成功是很困难的。首先，你和他没有任何关系。其次，也会审查个人履历、家庭状况……"

昌子女士没有点破，其实她是想说，我孤身一人，欠缺人生经验，目前还没有工作，我肯定申请不上。

"并且，之后爱必须去医院看病。学校的话，根据具体情况，还不得不寻找特别支援学校。三岛小姐之后要找工作，为了工作以及让爱回到社会中，必须兼顾很多事，你真的能胜任吗？这太难了吧？"

昌子女士严肃地对我说了这些后，将脸转向爱。

"爱也是同样的，你有考虑过三岛小姐帮助你，把你带到这里来，给她添了多少麻烦吗？你毫不犹豫地领受三岛小姐的一番好意，这可不行啊。人就应该互相帮扶着生活下去。可是，现在的爱只能被三岛小姐帮扶，却无法帮扶她。说白了，你只是负担。即便最初没关系，早晚你还是会成为三岛女士的重担。三岛女士因为要负担你而崩溃的时候，你还要骑在她的背上吗？"

当现实摆在眼前时，我们无言以对。现如今我深刻地领悟到，救助一个人，并将其抚养长大，需要多么巨大的力量啊。之前我给别人添了多少麻烦啊，但现在我依然是个不谙世事的孩子，想到这里我不禁觉得自己如此可悲可叹。我看看坐在我身旁的爱，发现他比我还要垂头丧气。他目不转睛地盯着放在膝盖上的拳头。望着他那泪光闪闪的侧脸，我将自己的手按在他的拳头上。

"……从现状来看，我很清楚要由我来照顾这个孩子，确实困难重重。那我该怎么做呢，您能告诉我吗？"

我不能因为太勉强，就轻易放弃。如果不知道该怎么办，直接向对方求教就好了。我这样问后,"我现在倒是想到一个办法。"刚才一直保持沉默的秀治先生,给了一句开场白。

"首先,还是应该让昌子成为爱君的未成年监护人。让有血缘关系的昌子提出申请,是最省事的方法。爱没有其他的亲戚,所以申请应该可以顺利通过。另外,我们以前照顾过很多小孩,里面也有身体或内心受过伤的孩子。与他们接触获得的经验,肯定可以应用到爱君身上。我们一定可以全力呵护爱君。"

果然只能采取这样的办法了啊。我的确无法充分地帮扶爱。我为自己的无能感到懊丧,此时我不由得咬咬嘴唇。昨晚摔倒后脸颊碰出的伤,依旧阵阵发痛。

"……重要的事从这里才真正开始,爱君十五岁之后,他就成了申诉人,可以申诉监护人的人选。那时,爱君就可以向法院表明自己想要哪个人做自己的未成年监护人的意愿了。"

我不明白他的意思,所以抬起头。这时,秀治先生像惠比寿[1]一般"呵呵"地笑着。

"从现在算起,两年后他就十五岁了。两年后,如果三岛小姐还像现在这样想和爱君生活在一起,爱君也还想和三岛小姐生活在一起,那我们再来一起考虑这个问题吧。不过在那之前,三岛小姐必须改善自己的生活状况,达到收养爱君的水平;爱君也必须自立自强起来。两年后,如果大家都认为你们成长到了能够生活在一起的程度,我就会劝昌子辞去爱君的未成年监护人的身份。另外,爱君在申请新的未成年监护

---

[1] 惠比寿:日本财神,七福神之一,面露笑容,是主管买卖兴隆、带来福气的神。——译者注

人时，我也会提供帮助让三岛小姐成为候选人。"

我与爱对视。依然还是有希望的啊。

"这个事并不简单。对你们两人而言，未来两年将是很辛苦的两年。你们如果真想生活在一起，就要抱着坚定的决心疯狂努力啊。不过，虽说让你们自己努力，但我还是打算帮你们的。希望你们能多来向我寻求帮助。昌子，你觉得这个办法怎么样？"

秀治先生这样问后，昌子女士看看我，又看看爱，说："感觉就是把问题拖到了两年后。"昌子严肃的表情没有丝毫缓和。

"我觉得这个提案很棒。"

举起手怯生生地这样说的，是一直默默地听着我们的谈话的美晴。

"我赞成这个提案。现在的贵瑚想要一个人照顾爱君，恐怕他们两人只会一同倒下。两年的准备时间刚刚好，而且还能借这个机会冷静地看清现实状况。"

之前，美晴的想法与昌子女士的相似，她还痛批我们的想法太天真。

"我也会帮三岛小姐找工作。要找一个能作为正式员工，认认真真工作的单位。"村中也插了一句。

"谢谢。"我向他鞠了躬。随后，我望向昌子女士。

"这样挺好啊。"她语重心长地说，"……有目标的人，才能奋发努力。"

虽然口吻勉勉强强，但表情已变得柔和了些。秀治先生笑眯眯的。

"非常感谢。爱，我觉得这个解决办法是最好的。你觉得呢？"

我这样问爱之后，他抬起头望着我，一副将要哭泣的表情。然后他环视了一周所有在场的人。他似乎有什么话想对大人们说，但只是用力咬着嘴唇。

"我没有抛弃你。为了和你生活在一起，这是第一步要做的。我会努力的，所以，爱也要努力啊。可以吗？"我握紧他的手说道。

爱缓缓地点点头。之后，他拿出笔记本，写下"以后一直都见不到了"，递给我们。

"哎呀，我们可不会那么故意刁难人啊。"昌子女士突然笑出了声，"你随时都可以去见三岛小姐，三岛小姐也可以随时来见你。而且，我们也没说从今天开始就让你留在这里啊。现在不是暑假吗，你再跟三岛小姐生活一段时间也是可以的。在这段时间里，我们要做些准备，用更好的环境迎接你。你觉得怎么样？"

听到这些话，爱终于放心地舒了一口气。我看到他的表情后，向昌子夫妇鞠了躬。

"有劳二位了。"

"也有劳你了。能够让我们与爱相会，让我们再续亲情，真是太感谢了。这都是托你的福啊。"

秀治先生的话让我顿时目瞪口呆。随后，我深深地鞠了一躬。

此后，爱、美晴和我三个人，偶尔再加上村中，一起度过了夏日。我们在海边游泳，晚上放烟花。在小镇的夏日祭上，我们欢快地逛摊位，还并排躺在檐廊上睡午觉。爱偶尔会微微一笑，他呼喊"黄豆粉小姐"的次数也增多了。有时他也会呼喊"美晴小姐"，美晴第一次听到时激动地哭了。

可能是因为琴美离去了吧，品城先生的认知障碍症急剧恶化。听说幸惠女士与镇政府的熟人交涉后，某个老人护理机构一空出床位，品城先生立即住了进去。他只说校长时期的事，一旦提到琴美的事，他就发怒说不知道。幸惠女士说："他就是一个会将自己身上冒出的任何小东西切除的小气男人。"说起来，幸惠女士似乎又开始担任老人会的会长了。

琴美仍然下落不明。她要是为了爱的抚养权丧失手续回来，那情况就糟糕了，不过大家都说她是不可能回来的。如果她听到传言说自己的父亲已经进入老人护理机构，那么即便强拉她，她也不会回来吧。自己的母亲被这样讨论着，爱的心情应该不会好，不过他还是听着，脸上的表情似乎在说"那也没办法啊"。

暑假临近结束的时候，昌子夫妇打来电话，说已经做好了领养的准备。最终我们确定了带爱去别府的日子。

离别前的那个晚上，村中邀请我们去他家的庭院进行户外烧烤。这似乎是幸惠女士的心意。

晚上，我们三人来到村中家，他家里飘着诱人的香味。庭院里，村中站在烧烤架旁，头上缠着毛巾。村中的母亲悠美女士——之前来他家时我与她碰到过几次——与幸惠女士正在布置餐桌，村中的父亲真澄先生坐在檐廊上喝着罐装啤酒。

"哎，你们等等！"

真澄先生是个阳光开朗的大叔。他笑嘻嘻地对我们说"还在练习中"，然后给我展示了稍显拙劣的魔术。村中确实很像他的父亲。

"打扰了。啊，这是我们带来的礼物。"

我们三个人举起买来的数量众多的啤酒和果汁，悠美女士笑着说："你们打算全部喝完吗？"随后，幸惠女士皱着眉头说："现在的年轻女性喝喝啤酒就满足了吗？真是柔弱啊！你们不喝小麦烧酒吗？要喝小麦烧酒啊！"

"肉就要烤好了。爱，你也来烤烤吧。"

村中这样搭话后，爱点点头跑了过去。我和美晴走到悠美女士的身旁，说："我们来帮您吧。"

"不，客人就等着吃饭吧。我有员工折扣，所以在近藤百货店买了很多肉制品。等一会儿健太和奶奶的朋友们就来了，趁现在先品尝优质烤肉吧！"

悠美女士笑了笑，幸惠女士也说："对啊，快吃吧。"

"黄豆粉小姐！美晴小姐！"

听到叫声后，我们转过头，看到爱在挥舞夹子。这似乎是肉已烤好的信号。他那扬起的嘴角甚是可爱。

"好的，我可要大吃特吃！"

拿过来盘子和一次性筷子，我和美晴哈哈大笑。

喝酒、吃肉，相互微笑。客人增多后，聚餐变得越发热闹。夕阳已经西下，星星在夜空里闪烁，远处传来波涛的声音。我停下不断倾斜酒杯的手，开始仰望夜空。温暖的笑声、值得珍惜的人的话语、幸福的芬芳。曾经死过一次的我，能在这里体会到这些美好真是不可思议。

"对了，鲸鱼已经平安地出海了。"

"我儿子说，鲸鱼已经不在这附近了。"

"这头鲸鱼太奇怪了。"

站在我身旁的幸惠女士的朋友们——近藤百货店的常驻组的成员们,相互交谈着。她们都穿着穆穆袍,上面有着黄色大象、龟背竹的图案,五彩缤纷的。

我和爱那天深夜看到的鲸鱼,不是在梦中,不是幻象,是真实的鲸鱼。它似乎是偶然迷失了方向,来到这里。前几日,它时而出现,时而消失,当地的电视台偶然拍到它喷水的画面,还在新闻中报道了。不过,最近几天已经完全看不到这头鲸鱼的身影了。

我想它肯定是去寻觅新的伙伴了。

"你是清子的孙女,叫贵瑚,是吗?"

传来沙哑的声音,我看了看,发觉幸惠女士站在我的身边。今天她穿着锦缎花纹的穆穆袍,莫非幸惠女士是这一带的大人物?她是老人会的会长,她的所有朋友都穿着穆穆袍,显示了她强劲的影响力。

"啊,您知道我外婆的名字啊。"

我这样说后,幸惠女士皱起眉头说:"那么固执的老太太,我怎么会忘记。"可是,不知为何,她的面容上并没有厌弃的神色。

"她带着一副立马就要死去的、似有隐情的表情来到这里。那些蠢男人见到她后,就魂不守舍起来。就像我家的真帆一样,摆出傻傻的、窝囊的神色。"

她委婉地讽刺了自己的孙子,随后,朝我瞥了一眼。

"清子是不是没有跟任何人解释就搬到这里来了?"

"嗯,是的。她和我母亲的关系很差。我来过这里很多次,不过,我母亲讨厌接触我外婆,所以我母亲也只是在接外婆回去的时候才会来这里。我母亲曾说,她根本搞不明白我外婆为什么要搬到这里来。"

幸惠女士头转向身后，确认了爱在远处吃着东西，然后，她点燃香烟。烟闪出萤火虫般的火光后，幸惠女士慢悠悠地吐出紫烟。

"她说她生了孩子后，她爱的那个男人就去世了。"

细细长长的烟，融在夜空里。

"因为对方有正妻，所以她不被允许参加葬礼。男人最后一次见清子的时候曾说：'我死之后，你就在我们有着共同回忆的地方等我。我就是死了，也会想方设法去和你相聚。'有着共同回忆的地方，指的就是这个小镇。他们仅有的一次旅行，目的地就是九州，他们开车的时候看到了鲸鱼。她说她看到一头大鲸鱼在喷水。"

"鲸鱼……"

此时，我感觉有某种东西从脚底涌上来，身体不由得颤抖起来。我看了一眼幸惠女士。

"感觉还挺浪漫的嘛。"她衔着烟笑了笑，"她带着稚嫩的表情问我们：'这附近经常有鲸鱼来吗？'我说那样的生物几乎不会来，她瞬间变得无精打采。"

幸惠女士偷偷地笑了笑，继续说："她吹捧男士们这一点让人觉得不舒服，不过，她本人的确是个好人。"

我回想起了我家的庭院。那是一个可以眺望大海的庭院。外婆就在那里一直等候着鲸鱼吧。

"我外婆最终看到鲸鱼了吗？"

这样问后，幸惠女士遗憾地摇摇头。

"那种生物几乎不会来。我还是个小姑娘的时候就住在这里，可我只见过三次鲸鱼。"

"这样啊。"我用低落的声音说。

"我以为他就是个出轨男而已,但他是个好男人。"幸惠女士用明快的语调说,"她曾笑着说,她一直期待着她爱的男人某天能来与她相会。她还说:'他该怎么来呢?莫非像这样,像蝴蝶一样飞舞过来?即便这样也令人开心。'所以,她从来就不觉得寂寞。不过嘛,很显然他是不会来的。清子去世的时候,我们说他会来迎接清子的,于是我们看到了那头鲸鱼。"

"啊,就是之前的那头鲸鱼吧。"

"哈哈,我对着大海笑着说:'此时才来未免太晚了。'"

听到声音后,我转过头去,发现刚才那些老太太正盯着我发笑。她们的表情让人不由得感到温暖。

"留意到清子去世了,这才惊慌起来。果然是个愚蠢的男人啊。"

"不,也许他首先会去看望他的正妻,他可是个爱使坏的男人。"

"即便变成了鲸鱼,也是头脚踏两只船的鲸鱼。太可怕了。"

我看了看正在发笑的老太太们以及幸惠女士,不禁想要哭出来。外婆并不是孤独清苦地生活在这里。她的生活里充满了幸福。

幸惠女士吸了口烟说:

"你也要在这里好好努力啊。你可是清子的外孙女。无论你曾经有怎样的经历,你都可以笑着生活下去啊。"

"……嗯。"

我擦擦眼角的泪水,点点头。听到有人叫我的名字,我转过头,看到爱与美晴在向我招手。

"黄豆粉小姐!"

"我们做了果汁软糖。非常非常好吃!"

"快来快来!"他们对我喊道。"快去吧快去吧。"幸惠女士说。于是,我向老太太们点了点头,就跑开了。

"看,这个是巧克力果汁软糖。"

在果汁软糖上浇了巧克力酱。被烧烤的火焰照亮的美晴与爱,看上去如此愉快。大汗淋漓的村中与健太说:"也吃些肉!你们肚子不饿吗?"村中的父母坐在檐廊上微笑着望向这边。村中吃一口烤焦的肉,再吃一口果汁软糖,然后说了一句"好难吃",就一口气喝完了杯子里的啤酒。"真帆先生太帅了!"健太大肆吹捧着。接下来,把草莓果汁软糖和猪肋肉摆在健太的眼前,他的脸不由得开始抽搐。

"哎,贵瑚,我明天就回东京了。"美晴笑了笑,说,"确实不能不回去了,抱歉。"她的声音有些低沉。

"啊,是啊,你已经陪我很长时间了。"

我一边说着,一边感受到有风吹进腹中。似乎心里重要的部分遽然消失了。不辞辛苦来到这里找我,还分担了我一半的艰辛的美晴就要离开了,想到这里我就感到一种无以名状的寂寥。本来明天爱就要离去了,现在美晴也要离开。但也不能一直把美晴束缚在这里,如果这样做,匠君肯定会大发雷霆的。

"谢谢。"我强颜欢笑,"真的非常感谢。多亏了美晴,我才能向前迈进。"

"这都是托爱的福。另外,贵瑚,你也很努力啊。"美晴"哈哈"地笑了笑,之后抱紧我,"如果明天分别的时候说这些话,我肯定说不出口。既然必须回去了,那我就今天说吧。你是我最亲密的朋友,所以,之后如果发生了什么事，请不要犹豫，直接对我说就好。无论何时，无论何地，我都会赶过来。不管发生什么事，我都会帮助你，所以就像今天一样，请你一直笑着活下去。"

"……你在说什么啊？我都要哭了。"

"哈哈，果然是你的作风。"

我们相拥而泣。我很幸福，我觉得自己真的很幸福。我以为我失去了一切，但当我回过神来时，我发觉我拥有很多。

"爱，醉鬼在哭泣啊。"

健太"嘿嘿嘿"地笑了笑，"啊，真帆先生为什么要哭啊"，又立即发出狂野的声音。我看了看，发现村中号啕大哭着，这与他之前留给我的印象差别太大了。我和美晴擦了擦眼泪，对着他发笑，村中说："三岛小姐仅仅笑一笑就让我感动。"随后他哭得更厉害了。

就在这个时候，幸惠女士大叫道："你要干什么啊？！"

这声音让我们感到惊愕，转过头看，只见品城先生摇摇晃晃地走了过来。初次见面时他那梳得整整齐齐的头发，此时凌乱不堪，他的衣服也非常邋遢。他穿着一双女式凉鞋，手里握着一把拐杖。那是一把粗拐杖，让我想起继父的榆木手杖，我的双腿不禁开始战栗。品城先生只盯着我。他的眼睛里充斥着憎恶。

"都怪你，琴美才离开了。把琴美还给我，立即还给我！"

"大叔，这太危险了，啊！"

健太想要把拐杖抢过来，品城先生却挥舞着拐杖威吓着。接着村中上去阻止他，但村中没能躲开拐杖尖，被它打到了。来势汹汹的拐杖尖带来剧烈的冲击，村中当场倒地。

品城先生开始靠近我。此时可以听到美晴的惨叫声，爱牵着我的手想要和我一起逃跑。可是，在拐杖"唰唰"地切割空气的声音中，我的身体无法挪动。品城先生看上去就像我的继父。啊，莫非继父并没有在我离家出走半年后去世？他曾说，不知恩图报，就别回来了，所以我没有参加葬礼。我有些混乱了，莫非他还活着，专程来这里骂我？

"我不会原谅你，绝不会原谅你！"

品城先生——继父挥舞着拐杖逼近我。"啊，被打到了。"我闭上眼睛，不假思索地叫道，"救救我吧，豆沙先生……"

就在这个瞬间，从我的旁边有什么冲了出来，撞倒了继父。跌跌撞撞倒下的是品城先生，而我不停地眨着眼睛。刚才发生了什么？

"爱！"

健太叫了一声，我定睛一看，发现撞倒品城先生的正是爱。用尽全身力量喘气的爱，回过头来望着我。

他救了我。是爱救了我？

我软绵绵地坐在那里，美晴抓住我的肩膀，前后摇着说："贵瑚，你没事吧？"

"没……没事。啊，村中……"

"悠美女士她们正看着他。"

我的全身大汗淋漓。太恐怖了。我从来都没有设想过竟会发生这样的事，也未曾预料到过去的事能像这样不断闪回。我把手按在胸前，反复深呼吸着。蓦然间，我看到眼前出现了两条瘦削的腿。顿时我回想起来，过去也曾出现过这样的场景。我抬起头，看到那里站着的是仍然气喘吁吁的爱，他把手伸了过来。

"是你救了我啊。"

我用颤抖的声音说,爱点点头,表情依旧僵硬。

"你变勇敢了啊。今后,肯定会更加勇敢。"

他的眼睛里蕴藉着之前我未曾见过的强烈光芒。他的勇敢如此夺目,我甚至忘记了呼吸。

现场一阵大骚乱,不再适宜举行烧烤聚会。警察过来把品城先生带走了。被带走时,他精神恍惚地凝望着虚空,对此我只是感到悲伤。村中由于出了血,所以被救护车带到了医院,诊断结果是得了轻微的脑震荡,算是不幸中的万幸吧。

我联系了昌子夫妇,说因为要调查事情经过,所以明天我们可能要晚些过去。于是,昌子夫妇决定到我们这边来。前夫做了这么无法无天的事,昌子女士深受打击,不过她说:"那个人没有亲人。我们好歹有过夫妇的缘分,我多多少少还是要帮他的。"最近几次见她的时候,我都感觉到了,她是一个非常和蔼可亲的人。我想她一定会饱含爱意地抚养爱。

最终心情平静下来已经是深夜了,这时我和爱两个人坐在海堤上。美晴裹着被子呼呼大睡,为了不吵醒她,我们偷偷溜了出来。

"你瞌睡吗?"

我这样问后,爱摇摇头。远处的海面上有一轮明月。我们并排坐在海堤上,眺望着这宛如世界尽头的静谧夜色。

"那个,在爱去那边之前,我想好好跟你聊聊……"

稍微搜索了一番合适的词句后,我开始说道:"我,在与你相遇之前,曾死过一回。"

我继续说:"在来这里之前,我害死了我最喜欢的人,也让另一个我最喜欢的人变成了一个可怕的人。那时,我太痛苦了,我想要去死,却死不了,于是唯有我的心死亡了。"

爱默默地侧耳聆听。

"之前我不是说过嘛,能倾听我的声音的人的声音,我却无法听到。就是这个原因,我害死了他。因为这个事,我一直陷于悲痛之中,我无法原谅自己。我对你做的这些事,其实都是对那个人的赎罪,一种无可挽回的赎罪。"

涛声温柔。月光照亮了一朵小小的云彩。

"这样的赎罪,在某个时刻让我获得了新生。担忧你,因为你而愤怒、哭泣,甚至死去,想到这些,就感到某种近似气息的东西轻柔地吹拂而来。我并不是想要拯救你,而是在我们的来往中,我被你救赎了。"

"谢谢。"我看着爱说。

"谢谢你在那个雨天注意到我。我觉得上天为了让我聆听你的声音,所以才让我们相遇的。作为我无法倾听的人……豆沙先生的替代,我需要聆听你的声音,我甚至觉得这大概就是我的使命。不过,我很自豪,我能再次让你听到'救救我吧'的声音。"

我拉起他的手,这只手刚才保护我免受品城先生的侵害。我的双手将这个依然无依无靠的少年的手包裹住。

曾经在那个孤独得就要死去的时刻,也是这样的。那时来到我的身边的,正是这个孩子。我让他找到了我。

"爱,谢谢你找到了我。"

"黄豆粉小姐。"

爱把他的另一只手按在我的手上。然后,他羞涩地笑了笑。他的笑容如此可爱,我想我只在梦中见过。

"听到了我的声音。"爱慢慢地说,"那天晚上,黄豆粉小姐听到我说'救救我吧'的声音了。"

这温柔的声音,构成极其悦耳的旋律,柔柔地摇曳。

"所以说,听到了我的声音。"

可能是一次说太多话了吧,爱咳嗽起来。咳了几声后,泪水滑过他的脸颊,旋即他又露出笑靥,说:"能遇到黄豆粉小姐,真好!"

我开心得说不出话来。那天晚上,我整个身体感受到的声音不是梦境。我用整个身体捕捉到了他的话语。我能够做到这一点。

"今后我们一起努力吧,爱。"

我握紧他的手,反复这样说着。今后无论发生什么事,我们都可以努力克服。因为我们知道,有一个人即便身处远方,也在聆听我们的声音,也让我们倾听他的声音。而且,我们并不是孤身一人跳入人群中生活着。我们生活在可以感受我们手的温度、感受我们的存在、听到我们声音的人群里。这就是最幸福的事啊。我们不用再迎来孤独地向外吟唱的夜晚。

我仿佛听到了远处鲸鱼的吟唱声。那优雅的歌声,是因为我们而感到愉悦呢,还是在窃窃私语呢?我不知道。我抬起头眺望着大海,爱好像也听到了似的,目光转到同一个方向。

"52赫兹的呼唤。"

爱小声自语,然后闭上眼睛,侧耳静听。他的侧脸望上去感觉他正在祈祷。我也闭上双眼开始祈祷，向此时身处世界各地的 52 赫兹的鲸鱼祈祷。

希望自己的声音能够传达给某个人。

希望对方能温柔地接受我们的声音。

如果你不介意我的聆听，那么就请不要停止你的歌喉，我会用整个身体接纳你的歌声。我想要去倾听，去寻觅。为了能让你再次找到我，我也肯定会主动去找寻你。

所以，拜托了。

请让我聆听到 52 赫兹的呼唤吧。

（完）

52HERZ NO KUJIRATACHI
BY Sonoko MACHIDA
Copyright © 2020 Sonoko MACHIDA
Original Japanese edition published by CHUOKORON-SHINSHA, INC.
All rights reserved.
Chinese (in Simplified character only) translation copyright © 2023 by China South Booky Culture Media Co., Ltd.
Chinese (in Simplified character only) translation rights arranged with CHUOKORON-SHINSHA, INC. through BARDON CHINESE CREATIVE AGENCY LIMITED, HONG KONG.

© 中南博集天卷文化传媒有限公司。本书版权受法律保护。未经权利人许可,任何人不得以任何方式使用本书包括正文、插图、封面、版式等任何部分内容,违者将受到法律制裁。

著作权合同登记号：图字 18-2022-207

图书在版编目（CIP）数据

52 赫兹的鲸鱼们 /（日）町田苑香著；彭少君译. -- 长沙：湖南文艺出版社, 2023.3
ISBN 978-7-5726-1006-6

Ⅰ. ①5… Ⅱ. ①町… ②彭… Ⅲ. ①长篇小说－日本－现代 Ⅳ. ①I313.45

中国国家版本馆 CIP 数据核字（2023）第 011829 号

上架建议：畅销・日本文学

52 HEZI DE JINGYUMEN
52 赫兹的鲸鱼们

著　　者：	［日］町田苑香
译　　者：	彭少君
出 版 人：	陈新文
责任编辑：	匡杨乐
监　　制：	邢越超
策划编辑：	李彩萍
特约编辑：	张春萌
版权支持：	金　哲
营销支持：	文刀刀
装帧设计：	梁秋晨
内文排版：	百朗文化
出　　版：	湖南文艺出版社
	（长沙市雨花区东二环一段 508 号　邮编：410014）
网　　址：	www.hnwy.net
印　　刷：	三河市百盛印装有限公司
经　　销：	新华书店
开　　本：	875 mm × 1230 mm　1/32
字　　数：	167 千字
印　　张：	7.25
版　　次：	2023 年 3 月第 1 版
印　　次：	2023 年 3 月第 1 次印刷
书　　号：	ISBN 978-7-5726-1006-6
定　　价：	49.80 元

若有质量问题，请致电质量监督电话：010-59096394
团购电话：010-59320018